デュラスを読む

―― ロル・V・シュタインの連作 ――

山縣 直子

目次

はじめに ……………………………………… 3

I.   カルカッタと S. タラ ………………… 7
II. 女乞食 ……………………………… 23
III. ロル・V・シュタイン ………………… 49
IV. 黒衣の女 …………………………… 137
V.   アンヌ - マリ・ストレッテル …………… 167
VI. アンナ・マリア・グァルディ ………… 219

おわりに ……………………………………… 237

はじめに

　インドシナ半島南端、仏領コーチシナ、メコンデルタ地帯。サデックという小さな町からバスに乗り、少女は渡し船(フェリー)でメコンの支流を渡る。休暇をサデックの家族のもとで過ごし、サイゴン（現ホーチミン市）の寄宿舎に帰るところである。

　少女は15歳半。サイゴン近郊のジアダンで、1914年4月4日、植民地で教師をしていたフランス人の両親のあいだに生まれた。

　15歳半のこの渡河が自分の後の人生にもつことになる大きな意味を、少女はまだ知らない。しかしものを書く、書いて生きてゆく、という堅い決意はすでになされており、書くことの核をなす体験(エクリチュール)は、その小さな胸の中にすでにしっかりと刻まれている。

　17歳でフランスに「帰国」した少女は、大学に行き、対独抵抗運動(レジスタンス)にかかわり、ものを書き始め、そして望みどおり作家(エクリヴァン)になる。

　インドシナでの少女時代、いやおうなく胸の底深くに刻みつけられた書くことの「核」(エクリチュール)を、ようやくひとつの物語として創造しえたのは、作家デュラスが50代にさしかかろうとする頃だった。この物語は、ほぼ10年にわたって、作家にとり憑きつづけた。5冊の本と、3本の映画が、この物語をめぐって生み出される。

　作家は、思い出し、創造し、忘れ、また書く。はじめ、まったく関係のなかった三つの物語が、書かれてゆくうちに互いに浸潤しあ

い、響きあい、ひとつの物語世界へと綯い合わされてゆく。作家の意思を超える力が働いてでもいるかのように。書き手と書かれる世界の境界には何か不可思議な中間地帯が次第に形成され、その、書き手に属するとも、物語に属するとも判別できない、非時間的、非人称的な地帯にはまり込むと、書き手は容易にそこから脱け出せない。読み手も、また。

　最後が始まりである物語、いや、最後から始まる物語、いや、最後の始まりである物語？

　本書は、他に類例のないこの物語が、生成し、成長し、熟成し、そして風化してゆく過程を、物語の主要登場人物の（つまりは物語自体の）変貌に――そしてその変貌をひき起こす書き手の意識のありようにも――注目しながら、つぶさに追うものである。

　太字の部分はデュラスのテクスト（あるいは対談やインタヴューでの発言）の引用で、略号で引用箇所を示す。出典の示されていない太字部分は、いくつものテクストを何度も読むうちに、筆者自身の文脈にまぎれこんでしまい、もはや引用箇所を特定できないものの、デュラス由来であることがたしかな表現である。なお、「おわりに」の章の太字部分はすべて、そこで語られる一冊の本からの引用または要約である。
　引用文中の傍点による注意喚起は、すべて引用者による。また、引用文中で文字が斜体になっている個所、文字のポイントが大きくなっている個所は、テクストの字体を踏襲するものである。

出典の略号は次のとおりである。本書の作成当時参照したテクストのページを記したが、その後プレイヤッド叢書4巻の全集が出て、すべての作品およびほとんどの関連資料はそちらに収められたので、全集で読めるものについてはOCの略号でページを併記した。

A	*L'Amour*, Gallimard, 1971
Alb.	*Marguerite Duras*, Editions Albatros, 1979
Amant	*L'Amant*, Minuit, 1984
AS	L'Avant-Scène, CINEMA 225, 1er avril 1979
CM	*La couleur des mots, Entretiens avec Dominique Noguez autour de huit films*, Editions Benoît Jacob, 2001
D	*Duras, Romans, cinéma, théâthre, un parcours 1943-1993*, QUARTO Gallmard, 1997
FG	*Nathalie Granger* suivi de *La femme du Gange*, Gallimard, 1973
IS	*India song*, Gallimard, 1973
Lieux	*Les lieux de Marguerite Duras*, Marguerite Duras, Michelle Porte; Minuit, 1977
LVS	*Le ravissement de Lol. V. Stein*, Gallimard, 1964
OC	*Oeuvres complètes I~IV*, Marguerite Duras; BIBLIOTHEQUE DE LA PLEIYADE, Gallimard, 2014
Parl	*Les Parleuses*, Marguerite Duras, Xavière Gauthier ; Minuit, 1974
VC	*Le Vice-Consul*, Gallimard, 1966
YV	*Les yeux verts*, Edition de l'Etoile / Cahiers du cinéma, 1996

I. カルカッタと S. タラ

わたしはひとつの小説を書くためにここにいる。わたしが創り出したある男の生涯を。寡黙で世間知らず、勇気がなくて、幸福になるチャンスを逃してしまう男。わたしは彼に、カルカッタ駐在フランス副領事という地位を与えた。

(D970/OCII 663)

「創り出した」と語るが、デュラスはこの男を知っている。パリ大学時代、彼女の少し上の学年に在籍していた学生。パリ郊外ヌイイに居住。ユダヤ人。デュラスに旧約聖書を読むことを教えた男。後年、フランス副領事としてボンベイに駐在しているという情報がもたらされる。そしてインドシナで死んだ。彼に関してデュラスが語るのは（したがってわたしたちが知っているのは）、これですべて。

17歳で仏領インドシナからやってきたデュラスが、フランスの側で生活を始めた、そのごく初期の（作家になる、という強い意志はすでにもっていたが、まだなにも書き始めてはいない時期の）出会い——ユダヤ性(ジュダイテ)と旧約聖書。デュラスはこのふたつを、生涯にわたって、独特のやりかたで精神の基部深くに受容してゆくことになる。

だが1963年、ものを書き始めてすでに20年近く、デュラスがいまこの男を小説に書こうとしているのは、彼が与えた恩恵（？）について語るためではない。一生涯という時間から見れば、一瞬に等しい邂逅、そして自分とは反対の方向に姿を消した男。語りたかっ

たのは、彼の、ヨーロッパの中心からの逐電、残されたヌイィの空き家。つまり、男の不在。それから、風の便りのボンベイ――。なぜインドなのか。答えは、ない。だから、創り出すしか、でっち上げるしかない。

デュラスの作品世界では、事実であるものはなにひとつない。真実でないものも、なにひとつない。

この小説が書かれねばならなかったもうひとつの理由、それは、時でいえばデュラスの18歳以前、場所でいえば、彼女が生まれ育ったインドシナにある。

> **それは、自分の生んだ子どもを売った女の物語。ずいぶん昔の話。彼女は流浪の果てにカ・ル・カ・ッ・タ・にたどり着いた。気のふれた女。わたしはこの女に実際に出会った。10歳のときだった。とても怖かった。**(D846 / OCII 1725)

「カルカッタにたどり着いた」？――10歳の少女がこの女乞食に出会ったのは、仏領インドシナの南端、コーチシナと呼ばれていた地域である。飢えに苛まれ、肉がこそげ落ちるほどの潰瘍に冒された足を引きずる女乞食は、少女の母親に、やはり飢えてやせ細った赤ん坊を託した。母親と少女は、懸命に子どもを生かそうとしたが、むなしかった。この地を立ち去ったのち、女乞食がどこまで歩き続けたのか、流浪の果てはどこだったのか、誰が知ろう？

デュラスにとって、それはカルカッタでなければならなかった。

インドシナからヨーロッパへ向かう船がインドに寄港した際、か

いま見ただけの、しかし忘れることのできない町。病者と乞食と犬。インドの首都、ガンジス河畔の大都市、炎熱のカルカッタ。

デュラスにあっては、事実であるものはなにひとつない。だが、真実でないものも、なにひとつない。

そして小説は、おたがいになんの関わりもない、フランス副領事と女乞食の物語を、カルカッタにおいて結びつけるものでなくてはならなかった。しかし、なんという困難！　白紙を前にした苦悩が、作家を苛む。

> どうやってこの城砦を攻略すればいいのか…　突然それは難攻不落になったみたいだ。ことばはどこかにある。いまは隠されているが、わたしはそれをすべて知っている、すべて。すべてのことばがわたしの頭に浮かぶだろう。この町をわたしのものにする。カルカッタよ、そっくりまるごと、わたしのもとにやっておいで。（D970 / OCII 663）

副領事と女乞食の物語は、進まない。いくつもの、没になった物語のヴァージョン。
ヌイィの老女が語る、副領事 Hoben Hole の物語。
カルカッタの副領事 Jean-Marc de Hobenhole の物語…

ところが苦闘のさなか、別の物語がデュラスのところにやってくる。その物語は突然やってきて、ペンは狂ったように走り出す。一気に書き上げたあと、ほとんど訂正も入れない。物語は至上命令で、訂正や推敲の入る余地はない。

Lola Valérie Stein がデュラスのもとにやってきたのは、S. タラがデュラスの場所になったのは、こういうふうにしてだった。この本がいったいどんな価値をもつのか作者にはわからない。筋も構成も、あらかじめ準備されたものではない。ほとんど憑かれたように書かれた作品は、翌 64 年に出版される——あまりにも有名な『ロル・V・シュタインの喪心』の誕生。

　そして、アンヌ - マリ・ストレッテルの、文学へのはじめての登場。

> **この女性がはじめてわたしの本の中に登場したとき、わたしは 40 歳 [ママ]、1964 年のことで、『ロル・V・シュタインの喪心』の中よ。(…) ロラ・ヴァレリ・シュタインがどこから来たのか、わたしにはわからない。でも、アンヌ - マリ・ストレッテルがエリザベート・ストリッテールだということはわかっているわ。彼女は 65 年、『副領事』のなかでアンヌ - マリ・ストレッテルとなり、75 年『インディア・ソング』の映画でも、その名前のまま。**(CM 61)

『ロル』の物語の発端、S. タラの海岸、T. ビーチにある市営カジノの舞踏会に、黒いドレスの彼女が現れる。ロルの許婚者マイケル・リチャードソンを一瞬でとりこにして一晩踊り明かし、夜明け、ともに（ロルを置き去りにして）ダンスホールを出て行ったあと、彼女はこの物語に戻らない。ずっとあとで、その名が一度、話題に上がるだけ。ひとこともしゃべらないし、ロルに視線を送ることもなかった。ロルは魂を奪われる。

　魂を奪われていたのは、主人公のロル？　それとも？

「出来事(エヴェヌマン)」を創り出しつつ、ペンは全速力で走る。恍惚となっているのは、たぶん、書き手。

そう、デュラスはこの女性を知っていた。インドシナでの少女時代、住んでいた町の行政官として赴任してきた夫についてきた夫人。ふたりの娘の母親であり、控えめで、化粧気もなく、テニスと読書を愛する女性。ところが、彼女の夫の前任地ラオスのルアン・プラバンでは、彼女への愛のゆえにひとりの青年が自殺した。このことを知ったとき、少女の受けた衝撃は大きかった。母親と姦婦——女の二重の貌。生命を与え、死を与える存在。少女は8歳*。副領事よりも、女乞食よりも古い記憶の層に深く刻印された夫人の面影。未来の作家の中で、愛は早くも、避けがたく死の刻印を捺されてしまう。

> *グザヴィエール・ゴーチエとの対談では、7歳あるいはもう少し上、自伝的小説である『愛人(ラマン)』の中では10歳、『生活の手触り(ラ・ヴィ・マテリエル)』では8歳と10歳のあいだとなっている。

わたしを、ものごとの二重の意味のなかに導きいれてくれたのは彼女よ。(…)彼女がわたしを作品(エクリ)へと導いた、たぶんね。
(Alb 84)

夜明けにロルの前から立ち去ったあと、彼女が姿を現すのは、カルカッタ。フランス大使夫人アンヌ-マリ・ストレッテル。大使夫人は、何か不都合な事件を起こして左遷されカルカッタに身柄を移されたラホールの副領事に出会う。彼の名はジャン-マルク・ド・H。この邂逅は、何を意味するだろう? 現実には起こらなかった出会

い。彼らはデュラスを通り過ぎて行った、インドシナで、フランスで。

　女乞食は（そう、彼女もまた、アンヌ‐マリ・ストレッテルと同じく、ラオスからやってきた、徒歩で…）、ガンジス河で笑い声をあげながら魚を獲る。彼女がたどった飢えと痛みと喪失の道程を、ストレッテル夫妻の客である若い作家志望の青年が、書き綴る。二重の、創作（でっち上げ）。

　『副領事』の物語が動き始める。カルカッタを舞台として。

> **わたしはカルカッタをまるごと創り出さねばならない。その暑さ、いたるところにある扇風機、おびえた鳥たちの羽音のようなその音。たまたま出会ったひとりの女性への愛。（…）カルカッタ、インドと死者たちの母。悲惨な町、不潔な。いたるところ、蛆がわき、扇風機がかき回す壺のなかから立ち昇る悪臭。**
> **彼女は毎朝、娘たちといっしょにテニスに出かける。大使館の執務室を取り囲む庭園を横切って行く。**（D972 / OCII 663）

　副領事は散歩中に、アンヌ‐マリ・ストレッテルを見かける。ことばはかけない。口笛で「インディアナ・ソング」のメロディーを吹く。
　うまくいくかもしれない。書くことの、希望と絶望が交錯する。アルコールに浸る作家を、「白いページ」の恐怖が襲う。

> **この本を書くことはできない、もう書けない。カルカッタも**

死にかけている。ガンジスはもう、なにも運ばない。いや、そうじゃない、わたしはまちがっている、落ち着いて、もういちどやり直さねば。明日、毎日、書くこと。自分が語っているこれらすべてのことのあいだに、つながりをみつけることができるだろう。はじめから、始めること、理性的になること。
わたしはすべてを語る。わたしにはそれができる、すべては可能だ。なんという力強さ、なんという至福！
わたしは文章を見出すだろう。(…)
カルカッタは、夜。なんというおぞましさ。ガンジスは死者と汚穢を運ぶ。できない。不可能だ。苦悩。端的に、不可能。では、なにを言えば、どうすればいい？ (D972 / OCII 663-664)

しかし結局、本は完成する。出版は『ロル』の翌年、65年。この本は、後年ひとつの映画を生み出す母胎となるだろう。比類ない美しさをもったその映画〈インディア・ソング〉の完成後、本は作者によって忘れられる。あれほどの苦闘の果実が。

『副領事』をちょっと読み返してみた。なんということか、わたしは自分がその本をすっかり忘れてしまっていることに気づいた。それは、映画がその上を通過したから、つまり、わたしが〈インディア・ソング〉を撮ったからだ。驚きと、大きな感動とともに、わたしは本を再び見つけた (…)

(YV108 /OCIII 720)

生み出したものを忘れてゆく。女乞食が生んだ子をつぎつぎと捨

I. カルカッタとS.タラ

ててゆくように…　あとで、わたしたちはそのいくつもの例を、作品のなか、作品を語るデュラスのことばのなかに見るだろう。それはむしろ、必要なのだ、必然なのだ、デュラスにとっては。忘却、空白、変容。デュラスの世界ではすべてが忘れられてゆく。そして、なにひとつ、記憶の層にきざまれないものはない。それは書くため、いつか、書くため、そして、また書くためだ。女乞食は、決して書かない。だから、すべてを忘れ去る、失う、故郷も、子どもも、苦痛も、飢えも、ことばも、自分自身も、なにもかも。『副領事』で長々と書かれた彼女の放浪の道程は、〈インディア・ソング〉では消える。叫び声と笑い声、それと歌声だけが、スクリーンの向こうから聞こえてくる。

　とはいえ、〈インディア・ソング〉に到達するのはまだずっと先、10年も先のことだ。そこにたどり着くまでに、つまり、出発点に、カルカッタに戻ってくるまでに、二冊の本と、映画が一本、創られねばならない。S. タラのほうの作品群。

　わたしたちは、この10年のあいだに書かれた、S. タラとカルカッタを舞台としない作品には原則として触れない。しかし、この間の出来事やデュラス自身のいくつかの仕事が、71年以降の作品群に与えた影響を無視することはできないだろう。とりわけ「68年5月」の出来事*のあと、その雰囲気のなかで書かれた『破壊しに、と彼女は言う』（69年）、それを映画に撮ったこと（初めての監督作品）は。

　　　* 1960年代後半、ヴェトナム戦争に抗議してアメリカで始まった若者たちの行動が全世界に拡散、フランスでは、反戦とともにあらゆる権力構造への異議申し立てという形で1968年5月にパリ大学から起こった抗議運動が労働運動と連帯してゼネストにまで及んだ。デュラスは、

哲学者サルトル、映画監督ゴダール等とともに、学生の側に身を置いた。

わたしは以前、人が会社に行くように、毎日、心穏やかに書いていた。一冊の本に何ヶ月もかけたわ。それが突然変わった。『モデラート・カンタービレ』のときに、穏やかじゃなくなってきた。そして68年5月のあと、『破壊しに、と彼女は言う』では、もうまったく冷静ではなかった。つまり本は数日で書き上がり、そのことではじめて恐怖を感じたの。そうそう、あれは『ロル・V・シュタインの喪心』のときから始まったのだわ。(…) 恐怖は『ロル』から始まり、(…)『破壊しに…』ではとても大きくなった、少し危険なくらいに。

(Parl 14 /OCIII 9)

　書くことの恐怖。止まることのできない、自分を制御できない恐怖。閉ざされた場所。孤独。どうやってそこから外に出ればいいのか。デュラスは、最初この恐怖と不安を逃れるために、映画という別の表現手段をとった、と語る。
〈破壊しに…〉(69) の翌年の作品『アバン　サバナ　ダヴィド』(70)と、その映画である〈太陽は黄色〉(71)。
　まず映画を撮り、そのあとテクストが刊行された〈ナタリー・グランジェ〉(72)。

　テクストから映画へと表現の回路が開かれつつあったこの時期に、ロルがもどってくる、というより、デュラスがS. タラのほうにもどってゆく。けっして本から出ようとしなかったロルのほうへ。

I. カルカッタとS. タラ　　15

『愛』は、『ロル』と同様、一気に書かれた。つぎつぎと到来することばを追って、夢中で、まさに、夢のなかでのように。

> 〈発作（クリーズ）〉ということば以外、思いつかないわ。まるでひとつの危機的状況（クリーズ）がわたしに襲いかかってくるみたいで… わたしは根限りにもがく… すべてを書きとめようと猛烈なスピードで書く。それからそれを清書する。そのときはもう、興奮は鎮まっている。清書は労働の成果よ。でもはじめはそうじゃないの。一種の憑かれた状態ね。距離がなく、ことばは危険よ。実際に毒があるみたいなの。やっちゃいけないことだって、感じるときがある。良くないことをしてるって…
>
> (D 1338)

『愛』は、その後のロルの物語。もはや名前をもたない「彼女」の物語。顔のない住民たちに住みつかれた S. タラの町の物語。廃墟の…

S. タラの、浜辺の物語。砂の、海の、風の、物語。

忘却と、空白。狂気の物語。むなしさの…

そして恐怖の。

小さな本の出版は 71 年。

翌年、映画が準備される。S. タラの浜辺を舞台とした、ロルのその後の物語。撮影は 11 月 14 〜 26 日。撮影場所は、北フランス、トゥルーヴィルの海岸と、そこにあるかつての豪華ホテル（マルセル・プルーストも滞在したという）オテル・デ・ロッシュ・ノワール（いまは分譲され、デュラスはその一室を住処のひとつとしており、『ロル』も『愛』も

そこで書かれた)。

　映画のタイトルは〈ガンジスの女〉――そう、S.タラにおけるロルの(その後の)物語に、彼方の、ガンジスのざわめきがまじるのだ。時間と空間と、人と物語の錯綜。『愛』のなかでも少し起こりかけているこの錯綜は、ひとつの思いがけない映画的手法の到来によって、さらに複雑な、デュラス的なものとなる。映画は、小説とは別の価値を獲得しつつある。すでに映画自体、小説とは異なる独立したエクリチュールであり、もはや小説を書く恐怖からの避難場所ではなくなっていると意識せざるをえない。

> **以前は、あなたにも話したと思うし、今でもそう思っているけれど、不安や恐怖から逃れるために映画を作っていた…ところがいまや、映画でそれがまた始まった。同じことなのよ。**
> 　　　　　　　　　　　　　　　　　　　　　(Parl 86/ OCIII 59)

〈ガンジスの女〉は、スクリプトにしたがって撮影され、撮影後のフィルムのモンタージュ(編集)が行われる。その作業が終わったとき、デュラスによれば、それは起こったのである。つまり、「声」たちの到来。

> **それはあの、モンタージュの夜に起こった、とても実り多い編集作業をした夜、でも、映像に関してはもうこれ以上何もやれることはないという、そういう瞬間だったわ。ぜったいにそれは忘れられない。映像の編集がすんだ、ようやく一息ついた、わかる？　そこへ突然、「声」たちがやってきたの。編集作業というまぎれもない労働、それから解放された、そ**

I. カルカッタとS.タラ　　17

の瞬間によ。（…）鳥ね、あの声たちは、鳥の羽ばたきのようだわ（…）17歳か18歳の若い娘たちの声よ。

(Parl 88-89/ OCIII 61)

（…）「声」たちにはね、不安を与える発作(クリーズ)に通じるものがある… 書いているときにわたしが感じた不安の発作と同じような――（…）わたしはそれらの「声」を、出来上がったばかりの映画、映像のフィルムと名づけたほうのフィルムに接ぎ木し、貼り付けた。これはまあ、言ってみれば、二重の映画ね。

(Parl 87/OCIII 59-60)

わたしにとってこの映画は、とりわけあのふたつの「声」。この本のなかでいちばん大事なのは「声」たち、彼女たちが語ることなの。

(Parl 70/ OCIII 48-49)

　映画〈ガンジスの女〉に「声」たちがやってきたおかげで、この作品に先がけて執筆（構想？）されていた別の作品『インディア・ソング』*が、テクストとして完成された。

『インディア・ソング』――形態は舞台脚本（本の中扉には「テクスト　演劇　映画」というジャンル表示）。舞台はカルカッタ。フランス大使館でのレセプション、ガンジスのデルタに浮かぶ島。客たち、ラホールの副領事、女乞食。そしてアンヌ-マリ・ストレッテル。彼女を囲む男たち。つまり『副領事』の脚色？　だが、彼らはもはや、同じ人物ではない。彼らのなかを『ロル』が通りぬけ、『愛』が通りぬけた。『ガンジスの女』では、それらすべてのテクストが「声」

たちによって召喚された。S.タラにおいて、カルカッタが（再び）準備されたのだ。

> ＊『ガンジスの女』のテクストの出版は、1973年11月。映画のスクリプトでもあるが、読むためのテクストでもある。
> 『インディア・ソング』のテクストの出版はそれよりひと月後の12月。ところが本の扉には「『インディア・ソング』はロンドン国立劇場支配人ピーター・ホールの依頼により1972年8月に執筆された」とある。
> ……？
> 気にしないことにしよう。『インディア・ソング』が『ガンジスの女』より先に完成していたわけはない。「声」の到来は72年11月。そして「声」抜きで『インディア・ソング』の存在はなかったのだから。テクスト冒頭の「一般的注意事項」にも、「もし『ガンジスの女』が書かれていなかったら、『インディア・ソング』も書かれなかっただろう」とある。
> 73年5月〜7月に5回にわたって行われたグザヴィエール・ゴーチエとの対談の記録を繰ってみれば、73年7月半ばにはまだゲラが出ておらず、7月末には出ているようだが、タイトルが未定である（「インディアナ・ソング」というのが話題にのぼっている）のがわかる。が…。
> デュラスを相手にテクスト校訂や執筆時期特定の試みはしないことだ。

映画〈インディア・ソング〉は1974年に撮影され、75年に公開された。『副領事』から10年。サイクルが閉じた。

まず最初、見るのは舞台。いいこと、わたしは「インディア・ソング」の舞台を見た、それから本を書いた。その後、舞台の光景は、表-裏、表-裏と書かれてゆくページ、エクリチュー

ルそのものの光景によって、とってかわられる。それから、映画を撮った。そしたら全部、きれいさっぱり消えたわ。

(Alb 88)

『副領事』は、忘れられた。
『ロル・V・シュタインの喪心』も
『愛』も、忘れられた。
『ガンジスの女』も、忘れられた。
『インディア・ソング』のテクストが書かれ、舞台にのせられ、次いで忘れられた。
「完璧な美しさ」と評された映画が誕生した。
　わたしたちは、「S.タラの賛歌」と「インディア・ソング」が同じものであることを知った*。

> ＊ 『ガンジスの女』のテクストで「S.タラの賛歌」と呼ばれる音楽は、別のところでは「ブルームーン」とも記されている。1930年代に歌われたブルースである。テクストにはその英語の歌詞の一部も記されている。だが、映画〈ガンジスの女〉で聞こえてくるのは、デュラスのこの作品のためにカルロス・ダレッシオによって作曲された「インディア・ソング」なのだ！

　サイクルは閉じた。しかしデュラスは、まだやるべきことが残っていると感じる。それが何なのか、しばらくはわからない。

　〈ひと気なきカルカッタでヴェネチア時代の彼女の名前を〉を撮るという決心、突然浮かんだあの考え（ある朝眼が覚めて、こう独り言を言ったのよ――「あの映画を撮らなく

ちゃ」)、わたしの存在する場があるとすれば、それはあのとんでもない非常識さよ。わたしという人間を定義したいのなら、そこをよく見なければ。わたしが自分自身に敵対して賭ける、自分がやったことを解体する、この賭けをね。わたしが前進と呼ぶのはそれなのよ。自分がやったことを破壊すること。

(CM 127)

2年前、〈インディア・ソング〉の撮影の行われたブーローニュのロスチャイルド邸（カルカッタのフランス大使館に擬された）の完全な廃墟。延々と映し出されるその廃墟の映像に、〈インディア・ソング〉のサウンドトラックが重ねられる。偽りのカルカッタの、虐殺。完璧な死、死そのものの映像(イマージュ)。

この映画を撮っているとき、わたしは自分に向かってこう言いつづけていた——「わたしはどこでもないところへ行こうとしている、わたしはどこにも行きつかないだろう。わたしのために映画をプロデュースしてくれる奇特(フー)な人たちがいる。でもわたしは映画の一種の無人地帯(ノーマンズランド)、音と映像のあいだにもはや何の関係もないような地帯へと向かっている、映画の時間の一種の解体へと向かっている」と。 (Alb 94)

無人地帯(ノーマンズランド)、とデュラスは言う。だがそこにはまだ、眼に見える「破壊」があり、音楽と一体になった音(サウンド)がある。デュラスは、このあともさらに前進を続けるだろう、映像も、光も音もない、真っ黒な画面に行き着くまで。わたしたちがこの本でデュラスとともに行くのは、しかし、「ロル」の連作の終わりの、〈ヴェネチア時代の彼女の

I. カルカッタとS.タラ　21

名前〉までである。

II.　女乞食

わたしは道に迷うための道標がほしい。（VC 9 /OCII 545）

　なんという願い！
　道標——それは常に、どこかにたどり着くためにあるのではないのか。もどってこないための、道に迷う（自らを失う）ための道標とは…

『副領事』の冒頭は、彼女（トンレ・サップ湖周辺の村に生まれ、17歳で父親のわからない子を宿したために追い出され、「二度ともどってこない」ために歩き始める若い女）の、出発を告げる一文である——「**彼女は歩く、と、ピーター・モーガンは書く**」。こう書くことでデュラスは、この若い女のたどる道程は、「書く」行為のつくりあげるものであること、つまり、創作＝でっち上げであることを、最初から明かす。物語の中の物語、読者にとっては語りによる、二重の遮蔽。だがその物語作法の文法が厳密に守られることはなく、創作者は現れたり消えたりし、そして読者は、彼女がたどった道は物語の中にしかないのだと一方で了解しつつ、それでもやはり、トンレ・サップ、バッタンバン、プルサット、ロンスウェン、そしてヴィンロンを見つけるために地図を開かずにはおれない。女乞食の地図であるとともに、それはマルグリット・デュラスの地図でもあるのだ。

彼女は歩き始める、母親に追い出されて。至上命令がある——消えてしまうこと。「わたしは…望む(ジュ…ヴドレ)」。彼女は望んでいる、「自分を失うこと(ムペルドゥル)」を、そのための道標を。望む「わたし」がいる限り、その「わたし」を失うことはできないのに。

> 　彼女は立ち止まる。子が腹の中でだんだんよく動くようになっている。(…)許されない子の、まるで楽しんでいるかのような、無言の遊び。(…)よく雨が降る。雨のあとは飢えがつのる。子はすべてを食べつくす。青い米とマンゴー。(…)石切り場の地面に、自分の髪を見出す。ひっぱると、束になって抜けてくる。痛みもなく。抜けた髪を前にして、腹と、飢えをかかえて、彼女はそこにいる。(…)髪はもう生えてこない。毛根が死んだのだ、プルサットで。(…)彼女は吐く。子を吐き出そうとする。しかし出てくるのはマンゴーの酸っぱい汁ばかり。彼女は眠る。(…)夜も昼も、子は食べ続ける。腹の中で、ひっきりなしにかじる音が聞こえる。腹はやせ細る。太腿も食べてしまった。腕も、頬も(…)毛根も、何もかも。子は、彼女がいた場所を少しずつ占領してゆく。しかし彼女の飢えだけは、食べてくれなかった。
>
> (VC 12-18 / OCII 547-550)

　髪は失われてしまった。しかし失うことのできない「わたし」、その中に居座る飢え。「わたし」は飢えそのもの。そして吐き出すことのできない子は、内側から「わたし」をかじって大きくなる、「わたし」のシャム双生児。飢えの極限で、彼女は考える——

> バッタンバンに帰りたい、椀いっぱいの温かい飯、そうしたら永遠に出てゆくわ。彼女は温かい飯が欲しい。ふたつのことばを言う、温かい、飯。何も起こらない。彼女は、ひとにぎりの埃を集めて、口に入れる。(VC 25 / OCII 553)

　温かい飯、子らにそれを食べさせるために呼んでくれた母。その母は、二度ともどってくるなと、もどって来たらお前の飯に毒を入れてやると言って彼女を追い出した。いま、飢えの極限で彼女は思う——

> 山を越して遠く離れていたってかまうものか、あたしは母さんのところへ帰る（…）母さんはあたしを殺すことを忘れるわ、汚い女、あらゆる不幸の元凶。あんたにこの子を返すわ、そして母さん、あんたはこの子を引き取る。あたしはあんたにこの子を投げつけて、そして永遠に逃げてしまう。
> 　（…）この子を殺さなきゃならないなら、それができるのは母さんよ。(VC 25 / OCII 554)

　彼女は戻る。何日も何ヶ月も歩いた道を引き返す。故郷の湖の辺り、見覚えのある風景、村に立つ市、賑わいと食べ物の匂い、姿を現す弟妹たち、陽気さ、笑い声。市場の向こうからほほえむ母。母（でなくて誰が？）の置いてくれた焼き菓子(ギャレット)を食べて、眠る。しかし、眼を覚ませば誰もいない。市もない。
　次の夜、彼女は出発する。故郷に背を向け、南へ、メコンを下ってカンボジアからコーチシナへ。

> **青白く沸き立つ光の中、あいかわらず子を腹に抱えて、彼女
> は遠ざかる。怖れることなく。彼女ははっきり知っている、
> この道は、母さんを決定的に棄てる道。眼には涙。泣きながら、
> 声を限りにうたう、バッタンバンの童歌(わらべうた)。**(VC 28 / OCII 556)

こうして彼女は、母を棄てる。彼女を追い出した母を。故郷を棄てる。父と弟妹たち、家族を棄てる。髪も失われてしまった。飢えは?——施しを受けることを彼女は覚えた。あるいは、その若い女の性を売ることを。あのすさまじい飢えに苦しむことは、もはやない。彼女は「禿の女乞食」になったのだ。だが、「わたし」は、「わたし」の中にいる子は、棄てられない。ことばも理性も、まだ彼女と共にある。涙も。

ピーター・モーガンは書くのをやめて、滞在先であるカルカッタのフランス大使館の宿舎の外に出る。大使館の庭園の向こう、ガンジス河畔に延びる大通りに面した建物——任地で何か不都合な事件を起こしてカルカッタへ左遷されたラホールの副領事に割当てられた邸——の前に、彼女はいる。

> **副領事は邸のバルコニーに出る。**
> **カルカッタ、朝7時。薄暮めいた光。動かない雲の峰がネパールを覆う。その下にはひどい湿気が淀む。何日かすると、夏のモンスーンの季節が始まる。邸の前にある茂みの下のくぼみ、アスファルトの混じった砂の上で、まだ濡れた服を身にまとって、禿げた頭を茂みの中につっこんで、彼女は眠っている。彼女は夜、ガンジス河で魚を獲り、泳ぎ、歌をうたい、**

通行人に近づいたりしたのだ。
(…)
ラホールの副領事は、カルカッタを眺める。煙、ガンジス河、散水車、眠っている女。(…) ひげを剃ってしまうと、もう一度バルコニーに出る。もう一度眺める、石と棕櫚の木、散水車、眠る女、川岸に集まっている病者たち、巡礼たち、カルカッタあるいはラホールであるところのもの、棕櫚、病、薄暮めいた光。 (VC 31-32 / OCII 557)

視界の中に女乞食がいることを、もちろん彼は意識していない。それは、カルカッタを作りあげる風景の一点に過ぎない。そして彼にとってカルカッタの意味は、この風景の中にあるのではない。大使館に行くまでの時間、自分の部屋で彼は思いに耽る。

ある客間(サロン)の光景。きちんと片付いている。黒いグランドピアノのふたは閉じられている。譜面台には、やはり閉じられた一冊の楽譜。題は読めないが、「インディアナ・ソング」の楽譜である。(…) ピアノの上にはランプ、中国の壺が胴に使われている。ランプシェードは緑色の絹(…)人々が集まって来て言う——だがいったい、いつも閉まっているこの家の持ち主は誰なんです？——30代半ばの、独り者の男性ですよ。
名前はジャン‐マルク・ド・H。
この家のひとり息子で、いまは両親とも亡くなっています。パリの家、小さな庭に囲まれたこの家はまだ、彼の所有になっているそうですが、持ち主が領事の職にあって、いまはイン

ドに赴任しているので、何年も閉まったままなんです。火事とか不都合があった場合の連絡先は、警察にはわかっています、マルゼルブ街に住んでいるお年を召した婦人で、留守の方の伯母上ですよ。

(VC 33-34 / OCII 558)

　ひとりの男が不在である場、パリ、ヌイィ。ここで生まれ、ここで育った男は、30代の半ば近くにこの場所からインドに向けて逐電（外交官として赴任することをこう表現することは普通しないだろうが…）するまで、どう過ごしたのか。カルカッタのフランス大使館への公式の報告（すなわちデュラスの創作〈アンヴァンシオン〉）は、次のとおりである。

　父親は小規模な銀行家。父の死後、母親はブレストのレコード店店主と再婚。2年前、母親も死去。ジャン-マルク・ド・Hはヌイィの小さい私邸をずっと所有しており、休暇はそこで過ごす。13歳から14歳にかけて、寄宿生としてモンフォール（セーヌ・エ・オワーズ県）の中学校に一年間在籍。健康上の理由から、自然の中で過ごす必要があったためとされる。モンフォール以前は目立たない生徒。モンフォール以後、学業成績優秀。詳細は不明ながら、素行の問題でモンフォールを退校処分。パリの高校に入学。その後の学業、およびさらに後の（…）中央官庁勤務においては、特筆すべき点なし。足掛け4年の間に3度、休職願いを提出、パリを離れている。理由および行き先は不明。勤務評点は普通。ジャン-マルク・ド・Hは、インド行き受命を待って、公に姿を現したとみられるふしあり。唯一の特記事項。女性関係皆無と推察される。

(VC 39-40 / OCII 561-562)

なぜインドだったのか、赴任地ラホールでは何があったのか。うわさでは、夜なか、病者、乞食、犬たちの群れる庭園に向けての発砲、意味不明の叫び、鏡へ向かっての発砲。だが正確には何だったのか。カルカッタで、彼はしゃべらない、大使にも、その他の誰にも——つまり、彼自身にも語れないのだ、ラホールの「事件」の原因と経過と結果は。

　パリの高級住宅街から姿を消し、カルカッタの街をバルコニーから眺めている男。ラホールを、どのようにして受容すればよいのか、彼も、わたしたちも。

　視線の先の女乞食は、カルカッタの一部、カルカッタの光景になくてはならない存在。しかし彼女は、彼女もまた、インドの生まれではない。はるか遠いところからベンガルの地に来た。長い時間をかけて、歩いて。その途中で、さまざまなものを失くしてきた。わたしたちはその道程の途中までを知っている。ピーター・モーガン、作家志望の若いイギリス人によってでっちあげられた物語。

> **子は、ウーダンの近くで生まれる。（…）彼女はこの娘、彼女とくっついて離れなかったシャム双生児の妹を、メコンに投げ込みはしない。ジョンクの平原に置き去りにもしない。この子のあとに生まれてくる子たちは、どこであろうと、いつも同じ時間帯、昼日なか、照りつける太陽のせいでぶんぶん耳鳴りがし、頭がくらくらする頃に、置き去りにするだろう。夕刻ひとりで、さっきまでもっていたものはいったいどうしたんだろう、といぶかるのだ。**（VC 51 / OCII 568）

II. 女乞食　29

最初、子を置き忘れたときは、乳の出る胸を掻きながらぶつぶつ言う。次からは、子を抱いていることと抱いていないことの違いにも気づかないだろう——だが、それは後の話だ。カルカッタへ向かう最終の、いちばん長い道程に入ってからの話だ。さしあたっていまは、生まれた子を抱いて歩く。子は飢えている。乳がうまく飲めない、口移しで与えるものは吐いてしまう。衰弱している。それでも棄てない。抱いて、負うて、歩き続ける。「まだ気がふれてはいない」と、ピーター・モーガンは書く。誰かが、南の白人居留地に行けば子どもを引き取ってくれると教える。ロンスウェン。彼女の話すことばを理解する最後の人間と会う。**この子はもうすぐ死ぬわ、早くしないと、子どもを…いったいどうしたいの？——あげたいの**。彼ドネ
女の意思ははっきりしている。**わたしは…望む**。サデック。市場のジュヴドレ
一隅にぼろでくるんだ子を置く。誰も見向きもしない。ヴィンロン。わたしたちはデュラスが彼女に会った辺りに来ている。彼女はぼろの上に子を置く。**だれかこの子、いりませんか**。もうことばは理解されない。トンレ・サップのことばが通じない「南」へきているのだ。娘を連れた白人女性が通りかかる。婦人は1ピアストルを恵んでやる。

　若い女に 賢 さがもどってくる。悪知恵、巧妙さ。彼女はチャン
アンテリジャンス
　スを嗅ぎ分ける。 　　　　　　　　　　　　　　　（VC 54 / OCII 570）

　少女マルグリットと母親。女乞食は子を差し出し、北を指し、傷口に蛆のわいた自分の足を指し、しきりにしゃべりながら、立ち去ろうとする婦人を追う。執拗に追う。白人の少女は、彼女の側につ

く。一緒に歩く。住居に着く。婦人は、自分の娘である少女の眼差しに負ける。みんな、中に入る。このとき、女乞食は目的を果たそうと懸命で、そして彼女は賢明である。

> **ことは成された。子は引き取られ、ヴィラの中に連れられていった。**
> **バッタンバンの陽気な歌。水牛が草を食べる。でも時が鳴ったら、こんどは草が水牛を食べるだろう。(…) もう怖れることはない。あの夫人の娘、白人の少女が望んだのだ、神が。子は託された。そして引き受けられた。ことは成された。**
> **若い女は「鳥平原」にたどりついたのだ。**
>
> (VC 58 / OCII 571-572)

このあとの子の運命を、彼女は知らない。もうそれは、彼女のあずかり知らぬところだ。この子を生かすための懸命の努力は引き継がれた、が、空しかった。この記憶は、白人の少女に忘れえぬ衝撃を与えた。この衝撃がなければ本は書かれなかった。忘れられれば、なかったのと同じことになってしまっただろう。彼女によって言われなかったこと、これからも言われないだろうこと、見られただろうこと、起こっただろうこと、忘れ去られただろうことを――どうやってことばにすればいいのかと自問しつつ――ことばをさがして、後年作家となった少女は――いや作家志望の青年は――書く。

理性はまだ彼女を去っていない。彼女は自分の望みを成就させた。

> **彼女は鳥平原をもあとにするだろう。少し北のほうへ戻り、**

> 数週間後には西へと向きを変えるだろう。そのあとは、カルカッタに向かって10年の旅。カルカッタで、彼女は留まる。(…) ガンジス河に沿った茂みの下で、病者たちに混じって眠るだろう。
>
> （VC59 -60 / OCII 572）

　身軽になって、彼女は再び歩き出そうとしている。何のための旅なのか、何のために歩いているのか、彼女にはわかっているのだろうか？　ひとりになったいま、もう、そもそもの原因は忘れられているのではないのか。

> バッタンバンの歌、大きな水牛の背中でうとうとしたこともあったっけ。母さんがくれた椀に山盛りの温かい飯。母さん、怒り散らしてやせた母さん——突然、稲光に照らし出されたように記憶がよみがえる。
> (…) バッタンバンに帰って、あのやせた女(ひと)、母さんにもう一度会おう。母さんは子どもらをぶつ。子どもらはあぜ道を逃げる。母さんは叫ぶ。温かい飯を与えるために呼ぶ。彼女の眼は、湯気の中、涙でくもる。大人になる前に、一度だけ母さんに会おう。あらためて出て行く前に、たぶん死んじゃう前に、あの怒りを、もう一度見よう。
>
> （VC64–65 / OCII 575-576）

　これは彼女の思いなのか、インドシナで育ててくれた、自身の母親に向けたデュラスの思い*なのか？　温かい飯を与えてくれた母と、帰ってきたら毒入りの飯を与えると言う母。不正に対抗して子を育てた母と、子に帰せられぬ不正に怒って子を打つ母。同じ母。

＊インドシナでのデュラスの少女時代、騙されて財産を失った母は、やり場のない怒りを子どもたちに、中でも末っ子のデュラスにぶつけることがたびたびだった。
小さなノートから破りとられたページ。裏表に鉛筆でなぐり書き。1930年代終わり頃、まだ作家デュラスではなく、マルグリット・ドナデューの時代に書かれた、最も古い文章──「**物語を語りたいのは、彼女〔母〕についてこそだ、知られざる、驚くべき神秘、とても長い間、わたしの喜び、わたしの苦しみであったこの神秘、いつもわたしはその中に降り、よくそこから逃げ出しては、結局また戻って行った。わたしたち〔こども〕にとって、母は広大な平原であり、わたしたちはその広さもわからずに、長いこと歩きまわったのだ。（…）それは思い出ではない、終わることのなかった途方もない歩行だ。**」
(OCI 492)

いずれにせよ、ふたりの女は母親を棄てる。ひとりは自分を失くすために、もうひとりは自分になるために。

彼女は帰る道をけっして見つけられないだろう。それを見つけることを、もはや彼女は望まないだろう。(VC 65 / OCII 576)

こんどこそ、彼女は母親を棄てる、母親であることも棄てた彼女は。もはや誰の子でもなく、誰の母親でもない。旅の途次、生まれる子も次々と棄て、忘れ、歩き続けるだろう、トンレ・サップの歌をうたいながら。たくさんあったその歌もあらかた忘れ、カルカッタに着いたときに残っていたのは、ただひとつの歌だけ。

それはあの、草を食べる水牛の陽気な（怖しい）歌だったのだろうか？　ピーター・モーガンは──デュラスは──何も言っていないが。映画〈インディア・ソング〉の中でわたしたちが耳にするの

はあの歌なのだろうか？

　カルカッタ、彼女はたどり着く。10年、歩き続け、失い続けた。故郷、家族、頭髪、子ども、ことば、たくさんの歌、理性(レゾン)（そして歩き始めた理由(レゾン)も）。もはや彼女は言わない——「わたしは…望む(ジュ ヴドレ)」と。「わたしを…失う(ム ベルドゥル)（道に迷う）」とも。失うべき「わたし」はもうなく、迷うべき道もない。残ったのはひとつのことば、バッタンバン。ひとつの歌、夜になるとガンジスの畔でうたう歌。

　副領事はこの歌を聞いたか？　聞いているはずである、彼の視界の中に彼女はいるのだから、すぐ傍の茂みに。しかし彼には、その歌は聞こえていない。彼は聞いていない。副領事は、ただひとつのメロディーしか聴いていない。ヌイィにいたときからそうだったのだ。

　カルカッタの朝、大使館に続く庭園を横切りながら、彼はある場面を思い浮かべる。ヌイィ、近隣の人たちのうわさ話——

その人が家にいた頃、ピアノの音が聞こえましたか？（…）片手で、とても不器用に弾く曲が？ひどく年老いた声が答える——そう、昔ね、夜になると聞こえました、一本指で子どもが「インディアナ・ソング*」のような曲を弾いていました。——いまも、ですか？　ひどく年老いた声が答える——昔、といっても、これはそれほど前ではないが、夜になるとものが、きっと鏡じゃないかと思うんですが、ものが壊れる大きな音が、独り者の男が住んでいる家から聞こえましたね、子どものとき「インディアナ・ソング」を弾いていた男ですよ。そのほかには何も聞こえませんね。　(VC 34 -35 / OCII 559)

* この曲のタイトルを、新しい本のタイトルとして採用しようと考えていたとき、デュラスは対話相手のグザヴィエール・ゴーチエにこう尋ねている―「**この語は具合悪くない？　インディアナってラテン・アメリカだと思うけど（…）ことばの響きだけが気に入ったの。（…）地理はまったくでたらめよ。昔の…植民地時代のようなインドを、インド諸島を、わたしは創り出したのよ。**」（Parl　168）
  結局、曲のタイトルは「インディア・ソング」と変わり、「インド」はより鮮明になった。新しい本のタイトルとなり、舞台劇、および映画のタイトルともなり、――実際に作曲されて観客の耳に届き、魔法をかけた。昔、半世紀前、両大戦間にすでに「古い曲」としてこの曲が存在していた、と信じさせた。その曲は、存在した。

　カルカッタの朝、庭園を横切りながら、副領事はこの曲を口笛で吹く。

　ラホールの不可解な事件。次の任地は決まっていない。カルカッタで、彼は宙吊りの存在だ。インドの白人社会の中で浮いている。ラホールは理解不能だ、人びとにとっても、彼自身にとっても。

　ヌイィの記憶は、副領事自身によっても語られる。酔っ払いのヨーロッパ・クラブの支配人に向かって。ここカルカッタの白人社会の中で、ただひとり彼がことばを交わす相手である。

> **ヌイィのわたしの家の客間(サロン)には、ふたの閉まった黒いグランド・ピアノがある…　譜面台には「インディア・ソング」。母が弾いていたんだ。わたしは自分の部屋でそれを聴いていた。母が亡くなってから、その曲が耳について離れない。**
>
> （IS 92 / OCII 1579）

だが、支配人に向かってする副領事の話には、酔いのための、あるいは本人による（というより書き手デュラスによる）意図的混乱がある。

　副領事は、モンフォールで退校処分を食らうに至った悪ふざけの経緯を語る。

> **モンフォールで何より愉快だったのは、とフランス副領事は言う、モンフォールを破壊することだったよ。仲間が大勢いた。（…）あんなにうまいやり方はなかった。いたずら用の悪臭弾をまず食事時間に放つ、それから自習時間、それから授業中に、面会室、共同寝室にも、それから、それから…最初は大笑い。笑いすぎで身がよじれたよ、モンフォールでは。（…）悪臭弾、作り物の糞、作り物のナメクジ、ねずみ、本物の糞、こいつをあちこちにばら撒く、エラい人たちの机にもだ。不潔だったな、モンフォールは。（…）校長は、犯人を明かした者に無罪放免を約束したが、誰もしゃべらなかった。モンフォールでは、ぜったいにそんなことは起こらなかった。**
>
> 　　　　　　　　　　　　　　　　　　　　　（VC 84 / OCII 585-586）

　酔っ払って半ば眠りかけている支配人に、副領事は次はあなたの番だと促す。支配人は話す。アラス（パ・ド・カレ県）の感化院での、権威者たちを虚仮にし、文字通り糞をつかませる、似たような悪戯。退校処分。

　スーパーでレコードを万引きしたのはいったいどっちだのだ

ろう？　相棒に裏切られ、ひとり罪を着せられたのは？

副領事は言う——

> **彼**〔その相棒〕**が手紙にこう書いてきた——（…）結局、ぼくたちは本当の友だちではなかった、秘密を打ち明けあわなかったのだから、とね。わたしは考えた、彼に打ち明けるべきどんな秘密があったのだろう、と。いまでもまだ、ときどき考えるよ。**（VC 208 / OCII 655）

ちょっと、あなた、レコードの万引きの話はわたしのことですよ、と支配人。何をタワケたことを、と副領事。ふたりとも酔っ払っている。

母親がハンガリー人の医師と浮気をしていたのはどっちなのだ？ 副領事は言う、母が面会に来てお茶を飲むとき、わたしはただひとつのことしか言わなかったが、そのことばが何かわかるか？

> **——アラスで満足している。**
> **——そのとおりだよ、支配人。2月のパ・ド・カレは暮れるのが早い。わたしはケーキもチョコレートも欲しくない、母がわたしをそのままアラスに置いてくれることだけを望んでいた。**（VC 209 / OCII 656）

日曜日、アラスに面会に来たのは支配人の母親ではないのか？ あなたは日曜ごとにヌイィに帰っていたのでしょう、と、酔っ払いの支配人は言う。そうだった、と副領事。記憶の——意図された——混同。あるいは、共有される記憶。

パ・ド・カレはデュラスの母親の故郷である。フランスという国を知らない頃から、何度も聞かされていた地名。記憶の中の、母と結びついた地名。
　人びとのうわさ——

> ある日、母親が出て行って、彼はひとり残されたんです、カルカッタじゅうが知ってますよ。ヨーロッパ・クラブの支配人に話したんです、子どもの頃の部屋のこと、吸い取り紙と消しゴムの匂いのする子ども部屋(…)。父親について、毎日、帰ってきても母親にはひとことも話しかけなかった、と言ったそうです。(…) ラホールについてはどうです？　話しません。ではラホール以前のことは？　話してます、アラスにいた少年時代のことを。でもそれも嘘かもしれない。
>
> 　　　　　　　　　　　　　　　　　　　(VC 98 / OCII 593-594)

　アラスではなく、ヌイィである。モンフォールのあとは寮に入れてもらえず、ヌイィに連れ戻されていた。半年後に父が亡くなる。乾いた眼をして、彼は柩を見送る。母は再婚してブレストに去る。副領事は支配人に語る——

> わたしは台所で自分のためにゆで卵をつくりながら、物思いに耽った、たぶんね、もう覚えていない。母は出て行ったんだよ、支配人。
>
> 　　　　　　　　　　　　　　　　　　　(VC 210 / OCII 656)

　青いドレスを着て、ピアノの傍で母がこう言った、というのは…事実か否かは…もうどちらでもよい。副領事がそういう母を——恋

人と一緒に感化院にいる息子に会いに来る母同様——記憶している
ということだ。

> **ピアノの傍で、青いドレスを着た母はこう言ったよ——人生
> をやり直すわ、だっておまえが一緒じゃ、わたしはどうなる
> の？**
> (VC 210 / OCII 656)

インドシナには、父なし子を孕んだ娘を追い出す母、ヌイィには、息子を置いて男と去る母。

副領事は続ける——

> **レコード屋は死んだ。母はブレストに残った。母も死んだ。
> マルゼルブ街に住んでいる伯母だけがいまはただひとりの身
> 寄りだ。それだけは確かだよ。**
> (VC 211 / OCII 657)

では、ほかのことは？——おそらく、なにひとつ確かなことはないのだ、彼にとっても（いま、インドまで手紙を書いてよこすマルゼルブ街の年老いた伯母のほかには）。

彼は追い出されたのではない、置いていかれたのだ。父は死に、母は男と出て行って。何が残ったのか？——何も、特に何も、一冊の楽譜を除いては。何も失われてはいない、だが、何も残っていない。

はじめから、何もなかったのだ。愛着のないものは、なかったのと同じだ。

何をしていたんです、ヌイィで、ひとりで、と支配人が訊く。あんたが他の場所でやってたようなことをさ、支配人——

II.　女乞食　39

> サプライズ・パーティに行く、そこではひとことも口をきかない。みんながわたしを指して、あれが父親を殺した男さ、と言う。わたしは踊る。きちんとした振舞いをする。実を言うとね、支配人、わたしはインドを待っていたんだ（…）が、わたしはまだそれを知らない。それまでの間、ヌイィで、わたしはどうしていいかわからない。いくつものランプを壊す。（…）誰もいない廊下で、その大きな音を聞く。（…）若い男がひとり、誰もいない家の中でランプを壊して、なぜ、なぜだと自問しているんだよ。
> 〈VC 88 / OCII 588〉

なぜインドを待っていたのか？ 本人はそれを知らない、その理由をではなく、待っていること自体を知らない。長い（女乞食の彷徨と同じくらい長い）待機。ランプを壊し、自らの姿を映す鏡を壊す、自分の家で。ラホール赴任を命じられたとき、初めてわかったのだろう、待っていたのはこれだった、と。

　彼はラホールに赴く。ヌイィの家は、空き家になる。

　ラホール。だがラホールは終着点ではなかった。ラホールには、たぶんヌイィが引きずられてついていったのだ。孤独、夜中の叫び、庭園の茂みへ向けての発砲、鏡の中の自分自身への発砲。ここではあの曲は聞こえなかったのか？ はるばるとインドまで来たというのに。なぜインドなのか——答えはラホールにはなかった。だから、カルカッタまで来るしかなかったのだ。

　あの曲がラホールでは聞こえなかったのか、ラホールでは出勤や散歩の途中であのメロディーを口笛で吹くことはなかったのか、わたしたちは知らない。確かなのは、それがカルカッタでは起こった

ということ、そして、カルカッタにはアンヌ-マリ・ストレッテルがいたということである。

なぜインドか——これに対する明快な答えは、『インディア・ソング』の本の中で聞かれるだろう。カルカッタのフランス大使館でのレセプションで演奏されるこの曲に、副領事は聴き入って動かない。

> 「インディア・ソング」を聴いているんです。(間) わたしはこの曲のためにインドに来たのです。(IS 76 / OCII 1567)
> この曲はわたしに、愛したいという気持ちを起こさせる。わたしは愛したことがないのです。(IS 77 / OCII 1568)

副領事の言う「愛する」とは何か、わたしたちは、またあとで（たぶんいろいろなところで）、語ることになるだろう。「愛」について、というより、グザヴィエール・ゴーチエが言うように、「愛の宙吊り、愛を言わないこと、その周辺をめぐるあらゆるもの」（Parl 67 / OCIII 46）について。

『副領事』が書かれて現実のときが流れ、さらにあいだで関連する2冊の本が書かれ、『インディア・ソング』ではすべてが記憶として語られるとき、『副領事』の世界は、全体がなんらかの変容をこうむる。「インディア・ソング」の曲の重要性がはっきり言われた。ヌイィとラホールとカルカッタを結ぶ線がより鮮明に浮かびあがった。母とラホールとアンヌ-マリ・ストレッテルを結ぶ線も同様に。その他の要素は大使館のレセプションのざわめきの中に後退する。愛すべき酔っ払いの支配人も、『インディア・ソング』では（直接は）

登場しない。女乞食の放浪と子売りと子棄ての物語は、「声」たちによって語られる遠い断片的な記憶となる。彼女は「狂女(フォル)」として、叫び、笑い、うたうだけ。すでに、自らを失うことを成就した姿のみがある。物語の作者だったピーター・モーガンは、『インディア・ソング』では名前のない「招待客」。彼は終幕近く、アンヌ - マリ・ストレッテルの取り巻きのひとりジョージ・クラウン（G.C）と次のような会話をする。

> 招待客－カルカッタで彼女に何が残っていたか？ ほとんど何も… サヴァナケットのあの歌、あの笑い… たしかに故郷のことばはそのまま残っていたが、誰にも理解できない。カルカッタに着いたとき、すでに気がふれていた。もうどうしようもなかった…（間）
> G.C－なぜカルカッタだったんだろう？ なぜそこで歩きやめたんだ？
> 招待客－おそらく彼女はそこで消えることができたんだよ。結局のところ、生まれてこのかた、彼女は自分を消そうとつとめてきたんだ…＊　　（IS 135 / OCII1608）

＊ 映画〈インディア・ソング〉にこの会話はなく、「招待客」は、アンヌ－マリ・ストレッテルの愛人マイケル・リチャードソンとともに、観客がまったく声を聞くことのない登場人物となっている。だが、このふたりの会話は、全編〈インディア・ソング〉のサウンドトラックを使用した映画〈ひと気なきカルカッタでヴェネチア時代の彼女の名前を〉の最後に、ほぼそのまま挿入されることになる。

『インディア・ソング』では、女乞食が叫ぶ地名は、ピーター・モー

ガンの創作にかかるバッタンバンではなく、サヴァナケット。カンボジア、トンレ・サップ周辺ではなく、さらに遠い、ラオス。アンヌ - マリ・ストレッテルが、最初の夫に従って、もの言わぬまま若い、苦悩の日々を過ごしたとされる土地である。コーチシナでのデュラスの体験が、アンヌ - マリ・ストレッテルのそれに移し変えられているのは、『副領事』と同じだが、サヴァナケットにおけるこの体験が『副領事』で語られるよりはるかに切実なものであったことが『インディア・ソング』では暗示されている。先に引用した、「招待客」とジョージ・クラウンの会話の別ヴァージョンとして、次のような会話が示される(『インディア・ソング』では、第3幕以降、若い娘たちの「声1」「声2」に加えて、やはり映画のシーン外の、ふたりの男性の「声3」「声4」による会話が挿入される)──

声 4

覚えていますか…？　最初の未遂事件…*　（間）サヴァナケットで、死んだ子を前にして…

声 3

…母親に売られた子、母親というのは北のほうの女乞食で…　とても若い…

声 4

そうです。17歳だった…　（間）ストレッテル氏の到着の数日前です。　　　　　　　（IS 136 / OCII 1609）

* 記憶をたどる「声」たちの断片的なことば。このヴァージョンも映画にはなく、アンヌ-マリ・ストレッテルの最初の自殺未遂事件はカルカッタのアヘン窟シャンデルナゴールとされている。

女乞食とアンヌ‐マリ・ストレッテルは、デュラスの記憶の深いところで、死において結びついている。
　そしてこのふたりの女たちはまた、『インディア・ソング』のテクストの中で、一瞬だが直接顔を合わせもする。(この場面も映画にはない。)

> **女乞食が庭園に現れる。茂みの後ろに隠れる。そこにひそんでいる。**
> (…)
> アンヌ‐マリ・ストレッテルが部屋の左手からもどってくる。ゆっくりと。立ち止まる。庭のほうを見る。ガンジスのふたりの女は、おたがいに見つめあう。
> **女乞食はおそれげもなく禿げた頭を茂みから突き出し、再び隠れる。**
> アンヌ‐マリ・ストレッテル、同じゆっくりした足どりで遠ざかる。
> 　　　　　　　　　　　　　　　　(IS 77-78 / OCII 1568-1569)

　しかし副領事は、カルカッタにおける彼女の同類である副領事は、彼女を見ない。
　すぐ続くシーン——

> **副領事が庭園にもどってくる。**
> **彼は女乞食のすぐ傍にいる。彼らはおたがいを見ない。**
> 　　　　　　　　　　　　　　　　(IS 79 / CII 1569)

　『副領事』では、レセプションの果てた朝、アンヌ‐マリ・ストレッ

テルの取り巻きのひとり、若い大使館員シャルル・ロセットが、副領事に、ガンジス河で泳ぐあの気のふれた女を見たかと問いかける。

> いいえ。[ノン]
> 夜、うたっているのはあの女だと、ご存知でしたか？
> いいえ。[ノン]
> 彼女はたいていこの辺りか、もう少し向こうのガンジス河の岸辺にいますが、白人たちのいるところに行くんです、いつも、まるで本能に導かれるように、不思議です…白人に近づくことはないが…
> (VC 174 / OCII 637)

しばらく黙っていた副領事は、はじめて否定[ノン]以外のことばを言う——

> 生きている命のなかにある死、だが、あなた方のところにはけっして来ない、そういうことですかな？
> ええ、おそらく、そういうことです。 (VC 174 / OCII 637)

彼は女乞食について述べたのだろうか、彼が（視界に入っていながら）目にすることも、（耳に入っていながら）聞くこともなかった存在について？

それとも…彼自身について？

あるいは…もしかすると（彼自身意識することなく）…アンヌ‐マリ・ストレッテルについて？

いずれわかってくるだろう、この彼の言い換え[パラフレーズ]は、女乞食、副領事自身、そしてアンヌ‐マリ・ストレッテル——デュラスにとっ

II. 女乞食　　45

てエクリチュールの根っことなる存在——、三者に共通する本質を衝くものだということが。だが、『副領事』の書き手デュラスは、このときまだその認識にいたっていないかもしれない。なぜなら、10年後の『インディア・ソング』では冒頭で明らかにされるアンヌ‐マリ・ストレッテルの死は、このときはまだ言われないからだ。

　記憶の中の光景として、『インディア・ソング』の「声」たちは語る——

声２

彼女のお墓は、イギリス人墓地にあるのよ…

声１

…あそこで死んだのね？

声２

島でね。（ためらい）死んで見つかったの、ある夜。
（**沈黙**）　　　　　　　　　　　　　　　(IS 17 / OCII 1527)

　わたしたちは、デュラスが記憶の中で、ガンジス河の湾曲部のイギリス人墓地、実際には存在しないアンヌ‐マリ・ストレッテルの墓に、インドシナで発見されたという副領事の墓を重ねて見ていただろうことを確信する。

**　わたしが知り合った副領事はユダヤ人だった。ヌイィに住んでいたわ。ボンベイの副領事をしていたことがあった。憶えているのは、ヴェトナム戦争の頃、人も踏み込まないような森の中で、たぶんカンボジアだったと思うけれど、もうわからない、おそらく独立戦争の頃のとても古いお墓が発見され**

たこと——名前は消えていて、読めたのはただ、「フランス副領事」ということばだけだった。 (YV127 / OCIII 734-735)

いっさいの痕跡を残さず消えうせることに成功したのは、女乞食だけである。そして、彼女だけが、いま現在このときも、なおインドシナからカルカッタに向かって歩き続けており、インドの不可触民に混じって、茂みの中で眠っている。

III. ロル・V・シュタイン

1

次に示すのはすべて、タチアナ・カルルがT. ビーチの夜について語ったこと（彼女はこの話を、単なる見せかけだとして語った）と、わたしが想像_{アンヴァンテ}して作り出した光景とを混ぜ合わせたものである。わたしはこの夜から、わたしのロル・V・シュタインの物語を語ってゆこうと思う。(LVS14 / OCII 289)

ロル・V・シュタインもまた、わたしたち読者にとっては二重の遮蔽の向こうから現れてくる。ロルの学校時代の友人であったタチアナ・カルルの記憶と、それをもとにした「わたし」の創作＝作り話_{アンヴァンション}と。この時点のロルを直接には知らないらしい「わたし」の語りのことばは、それが読者にとってロル・V・シュタインを知る唯一の手がかりであるからこそ、いっそうこの物語の奇妙な印象を強める作用をしている。

ともあれ、T. ビーチの市営カジノでの舞踏会の夜が語られる。ロルはこのとき19歳[*]、マイケル・リチャードソンと婚約しており——学校時代からどこか「心ここにあらず」といったふうだったロルが、マイケル・リチャードソンに「夢中になっている」ということが、タチアナにはどうにも信じられないのだが——秋には結婚

の予定である。

> ＊ここでははっきりと19歳と書かれているにもかかわらず、舞踏会の折のロルの年齢は、別の本、あるいはデュラスの記憶のなかでは、彼女（デュラス）にとって特別な年齢である18歳に変わってゆく。

舞踏会に遅れて最後にやってきた女性が、会場の敷居をまたぐ。

彼女の優美さは、じっとしていても動いていてもひとを不安にさせた、と、タチアナは語った。
（…）
ロルは打たれたように動かなくなり、彼〔マイケル・リチャードソン〕同様にじっと、この死んだ鳥の、屈服し、打ち棄てられた優美さが進んでくるのを見つめた。彼女はやせていた。ずっとそうだったにちがいない。このやせた身体を黒いドレスで包んでいた、と、タチアナははっきりと憶えている。同じ黒の二重のチュールの、身体にぴたりと沿う、背中を大きく刳ったドレス。彼女はこのような身体、このような服装を自らに望み、まさに決定的にその望みどおりの姿だった。（…）彼女の外見は以後もこのままで、望まれたその身体のまま死ぬことになるだろう。彼女は誰なのか？　後になってわかったのだが、アンヌ-マリ・ストレッテル。彼女は美しかったか？　年齢はいくつぐらいだったのか？　彼女はいったい、他の人びととの知らない何を知っていたのか？（…）もうこの女には何も起こりようがない、と、タチアナは考えた、もういっさい何も、自分の最期以外は、と。

（LVS 15-16 / OCII 289-290）

アンヌ - マリ・ストレッテル、彼女は、彼女に似て丈高くすらりとした、一目で娘とわかる若い女性を伴って現れたのだから、既婚婦人であり、もうそれほど若くない年齢だということが容易に見て取れるわけで、にもかかわらずタチアナの記憶のなかには、家庭、母親といった——ちょうど後に登場するロルの母親のような——命をはぐくむ者の安定的なイメージではなく、むしろその逆の、死の象徴的な姿（死んだ鳥）で留まる。タチアナは、ロルの本性に関してだけでなく、アンヌ - マリ・ストレッテルの本性に関しても、直感的に核心部分を見抜いているのだ。

> **彼女〔アンヌ - マリ・ストレッテル〕が彼〔マイケル・リチャードソン〕の傍らを通ったとき、ふたりはお互いを認識したのだろうか？**
> （…）
> **彼は違う人間になっていた。すべての人にそれが見て取れた。彼は人びとが考えていたマイケル・リチャードソンではもはやない、ということが。ロルは彼を見ていた。彼が変わってしまうのを見ていた。**
> （…）
> **この変化を目にするとすぐ、何ものも、いかなる語も、いかなる暴力も、マイケル・リチャードソンの変化にうちかつことはできないだろうということが理解された。いまやマイケル・リチャードソンは、この変化の行き着くところまで行かねばなるまい、ということが。マイケル・リチャードソンの新しい物語はすでに始まっていたのである。**

(LVS 17 / OCII 290-291)

　ロルは婚約者の変化をじっと見ている。彼女に苦痛の兆しはない。彼が黒いドレスの女性のところに行き、ダンスを申し込み、ふたりが踊り始めても、バーのカウンターの後ろ、観葉植物のかげに隠れて、じっと見ている。タチアナ・カルルは、そんなロルを傍で見守る。最初のダンスが終わってマイケル・リチャードソンはロルのもとに帰ってくる。彼の眼には、助けを乞う色がある。ロルは彼に向かって微笑む。次のダンスから、彼はもう戻ってこない。

> **ふたりは踊った。さらに踊った。彼は、彼女のあらわになった肩の辺りに眼を伏せて。彼よりも背の低い彼女は、舞踏会場のどこか遠いところしか見ていなかった。ふたりはことばを交わさなかった。**
> **（…）アンヌ - マリ・ストレッテルとマイケル・リチャードソンはもう離れようとしなかった。** (LVS 19 / OCII 292)

　夜が更けても、ロルは苦しんでいる様子を見せない。恋の苦しみの古い代数学を忘れてしまったように。

> **夜が終わり、曙光が差し込んできたとき、タチアナは彼らがどんなに年をとってしまったかを見た。マイケル・リチャードソンはその女性よりずっと若かったが、彼女と同じくらいの年齢になり、そしてみんな──ロルも含めて──三人ともがいっぺんに、何百歳という多くの年をとってしまった。狂人たちのなかに眠っているあの年を。** (LVS 19-20 / OCII 292)

このときのタチアナ・カルルは、見えないはずのものを見ている。「狂人たちの年」と語られるのは、魔法の世界の「時」、おとぎ話の時間。12時の鐘とともに、馬車はかぼちゃに、馬はねずみに。あるいは箱を開けると、煙とともに若者は老人に。つまり、運命の合図の直前までは魔法にかけられた状態だったということ。

> **ロルはずっと同じ場所、アンヌ-マリ・ストレッテルが入ってきたときに出来事が彼女を見出した場所、バーの観葉植物の後ろにいた。**　　　　　　　　　　　　　　　(LVS 20 / OCII 292)

ロルは出来事によって見出された、つまり、魔法にかけられ、心を奪われた。この本のタイトルの由来である。すなわち——ロル・V・シュタインの喪心。

タチアナはそうしたロルに一晩じゅう付き添い、小さなテーブルの上に置かれたロルの手を撫でてやっていたのだ。

> **おそらくロルも、タチアナや〔踊っていた〕ふたり同様、状況の変化、つまり、夜明けとともに終わりが来たことに気づいていなかった。**　　　　　　　　　　　　　(LVS 20 / OCII 292)

オーケストラも演奏をやめ、楽師たちは次々と出てゆく。残っているのは彼らを含め、2, 3のカップルと、白いドレスの若いふたりの娘たち。

> **ふたり**〔アンヌ-マリ・ストレッテルとマイケル・リチャードソン〕**は黙っ**

> て顔を見合わせている。長い間。夜から、どうやって出て行
> けばよいのかわからずに。　　　　　　　　　（LVS 21 / OCII 293）

　ロルの母親が闖入してきて、ロルと、彼らふたりのあいだに立ち
はだかる。
　ロルの最初の叫び。終わりが始まったのを、ようやく察したのだ。

> ふたりは動き始め、壁のほうへ歩き始める。そこにあると思っ
> たドアを探しながら。明け方の光は弱く、室内外は同じ薄暗
> がりのなかにある。彼らはようやく本物のドアへの方向を見
> 出し、非常にゆっくりとそちらに向かい始めた。
>
> 　　　　　　　　　　　　　　　　　　　　　（LVS 22 / OCII 293）

　ロルは、夏の夜は時間の感覚を狂わせる、まだそんな時刻ではな
い、信じてほしい、と叫び続ける。

> （…）ふたりが歩き続けたので、ロルはドアのほうへ駆け出
> し──人びとはひき止めようとしたが彼女はそれを振り切っ
> た──開いている両開きの扉にとびついた。扉は床に固定さ
> れていたために動かなかった。
> 　眼を伏せて、ふたりは彼女の前を通り過ぎた。アンヌ-マ
> リ・ストレッテルが階段を降り始め、マイケル・リチャード
> ソンが続いた。ロルは、庭園を横切ってゆくふたりを眼で追っ
> た。ふたりの姿が見えなくなったとき、ロルは気を失って倒
> れた。　　　　　　　　　　　　　　　　　　（LVS 22 / OCII 294）

これが発端となる「出来事」である。

　ロルはこの出来事のあと、S.タラの自宅に連れ帰られるが、虚脱状態に陥る。夏の夜は時間の感覚を狂わせる、まだそんな時刻じゃない、と繰り返し、怒りをこめて自分の名をロル・V・シュタインと発音するようになる。本のタイトルともなっている、この、名前の奇妙な省略、不可思議な不完全さの印象。ロルはしだいにしゃべらなくなる一方で、ロル・V・シュタインであることにいかにうんざりしているか、どんなにそれを長く感じているか、だけを言うようになる。つまり彼女は、もともとのロラ・ヴァレリ・シュタインに戻れる日を待ちわびているということなのか？　そのような日はくるのか？

> **本当の名を自分に与えるのは彼女自身よ。あの病的な状態の**
> **あと、彼女は自分を名づけた…それが永遠のものになるのよ。**
>
> 　　　　　　　　　　　　　　　　　　　　　　(Parl 23 / OCIII 15)

　対談のなかでデュラスがグザヴィエール・ゴーチエに語っている「本当の名前」というのは、彼女が自分で自分を呼ぶようになった、この、不完全な名前のほうであるらしい。ロルの永遠の待機状態を示唆する命名。

　ロルはその後、彼女を置いて去ったふたりがどうなったか——マイケル・リチャードソンはあのあとすぐアンヌ‐マリ・ストレッテルを追ってS.タラを去り、この物語のなかにはもう戻ってこない——についてはまったくたずねることもなく、見たところはゆっくりと、人がうわさするところの「失恋の痛手」から恢復してゆく。

III.　ロル・V・シュタイン　　55

そして、事件後はじめてひとりで外出した夜に偶然通りかかった男（ジャン・ベッドフォード）についてゆき——目的もなくあてもなく夜の道をただ見知らぬ男の後について歩いたのである——、彼と結婚することになる。

結婚とともにS.タラを離れ、別の町（U.ブリッジ）で10年という歳月を過ごすロル。3人の娘をもうけ、夫と家庭に忠実な妻。夫妻のあいだで、あのT.ビーチの夜が話題になることはない。実家の母親の死の報せにも、ロルは涙を流さない。夫はロラ‐ヴァレリと妻を呼び、もの静かな妻を愛していると言う。いつも傍にいて、ひっそりと、立ったまま眠っているような存在。

10年後、夫妻は夫の仕事上の都合でS.タラに帰ってくる。

S.タラの町、そこで生まれ、そこで育った町を、ロルは毎日散歩する。ところがよく知っているはずの町、S.タラは、歩けば歩くほど知らぬものになってゆく。S.タラをさまよう、帰ってきた女（=幽霊ルヴナント）ロル。

> (…) 彼女は毎日毎日、一歩一歩、S.タラに関する無知へ向かっての帰還を始めた。かつて彼女が苦痛を、あの——人びとの口の端に上った——「苦痛」を体験したあの場所、彼女の記憶からその場所の具体性は少しずつ消えようとしていた。どうして他所ではなくあそこだったのか？（…）（思い出との適正な距離を保つことがもうできない。彼女はそこにいる。自分がそこにいるということが、町を純粋ピュアで見知らぬものにしている。彼女は、S.タラの忘却の豪華な宮殿を歩き始める。

（LVS 42-43 / OCII 305）

忘却が、すでに始まっていることを見逃してはならない。わたしたちはまだ、ロル・V・シュタインの奇妙な物語の核心部分には入っていないのだが（その証拠に、語り手はまだその姿を現していない）。それにしても、この忘却の始まりである彷徨は、いったい誰の認識によって記されているのか。女乞食の放浪に関するピーター・モーガンの語りのなかでときに物語の真の書き手（デュラス）が生の声を響かせてしまったように、ここでの語りは、正体不明の、だが登場人物のひとりであるらしい「わたし」の認識のレベルを超えた、ロルの意識の深層を見通すものとなっている。そして同じ現象は、このあともたびたび起こる。デュラスがそれを、エクリチュールの戦略としたのかどうかはわからない。おそらくそうではないだろう。ロルの物語が彼女のもとにやってきたとき、彼女のしたことは、大急ぎでそれを書き取ってゆくことであったはずだからだ。デュラスは、彼女自身が、ロルの見た幻影を見ていたのだ——浮かんでは消え、消えてもまた浮かんでくるひとつの幻。そして「語り手」は——「わたしが考えるのはこうだ」と言って——その、執拗に到来する光景とロルの対応を語る。

> **舞踏会が遠くに、時の向こうに、揺れている。いまは静かになった海に漂うただひとつの漂流物。S. タラに降る雨のなかで。（…）舞踏会は少し生気を取り戻し、震え、ロルにしがみつく。ロルはそれを暖め、保護し、養う。それは成長し、縮めていた身体を緩めて、伸びをする。ある日、準備がととのう。**
> **彼女はそこに入る。**

彼女は毎日、そこに入る。 （LVS 45-46 / OCII307）

　夏の午後の町に降り注ぐ日の光など、ロルは見ていない。彼女の眼には、T. ビーチの舞踏会の人工的な光だけが映っていた。この点について、タチアナと「わたし」は、意見を同じくする。ときが経ち、ロルが「出来事」をもう忘れてしまったと人びとが考えたのとは逆に、彼女のなかではその光景がくり返し甦っていたのだ。「わたし」は「出来事」の想起について、さらにつっこんだ考えを披露する。

**　わたしはロル・V・シュタインを、わたしにできる唯一の方法で、つまり、愛͘す͘る͘こ͘と͘で知った。そのゆえにこそ、わたしは次のように信ずるにいたった――T. ビーチの舞踏会には多くの面(アスペクト)があるが、そのなかでロルの心をつかんでいるのはその終幕なのだ、と。それは、舞踏会が終わる瞬間、曙光が信じがたい荒々しさで射し込み、彼女をアンヌ‐マリ・ストレッテルとマイケル・リチャードソンのカップルから、永遠に、永遠に引き離してしまった、まさにあの瞬間である。**
（LVS 46 / OCII 307）

　S. タラの人びとの誰も（母親を含めて）理解しえなかった、あの事件のロルにとっての本当の意味が、語り手には明かされているらしく、その理由は「わたし」が彼女を「愛している」からだと明言される。この本の真の書き手、ロル・V・シュタインの創造者でないとすれば、「わたし」とはいったいだれなのか？

彼女は、(…)いつも同じこの舞踏会の終わりに、ひとつの三角形——曙光と彼らふたりがその永遠の頂点をなしている——の中心にいる自分を見る。彼女はたったいま、曙光に気がついたところで、ふたりはまだ気づいていない。ふたりが気づいていないことを、彼女は知っている。だが無力で、彼らに気づかせないようにすることはできない。そしてまた、はじめからのくり返し。
　まさにこの瞬間、ひとつのこと——でもそれは何？——が試みられるべきであったが、そうされなかった。まさにこの瞬間、ロルは引き裂かれて立ちつくす。助けを呼ぶ声も上げられず、この夜のまえには昼の光など何ものでもないと主張することも、それを証明することもできずに。(…)
　彼女はたしかに、自分の生涯の、思い描かれたこの瞬間に向かって微笑む。もしかしたら苦しかったか、あるいは少し悲しくさえあったかもしれない、という無邪気な想いがそこから浮かんできたのだ。「この瞬間」のあとに残るのは、無垢(ピュア)な彼女の時間だけ、骨のような白さの、時間。

(LVS 47 / OCII 308)

　幾度も繰り返し想起される、同じ瞬間。そしてロルの生涯に属するその「瞬間」は、けっしてそこから先へ進もうとはしない。現実には十余年の時が流れたが、ロルの「時」にはもはや何も刻印されず、まっ白なまま。「骨の白さ」、すなわちそれは、死の時。デュラスの筆は——「わたし」の語りは——ロルの痼疾の中核へと切り込んでゆく。改行なしで続く、要約不可能な長い文章。

こうして、それはまたはじめからくり返される。窓をぴたりと閉め切っておけば、夜の光のなかに閉ざされた舞踏会は、彼ら三人を、三人だけを、閉じ込めておくことになっただろう。ロルには確信がある。三人はともに、新しい日の到来から救われただろう、少なくとも一日だけは。

そうしたらどうなっただろう。この瞬間に続く未知の事態を、ロルは深く考えない。ロルはいかなる記憶も（想像した記憶でさえも）もっていないし、この事態についてどう考えればよいのかもまったくわからない。ただ信じているのは、そこに入ってゆくべきだったということ、それこそ彼女のなすべきだったことであり、またそれは、彼女の頭と身体にとって永遠に、最大の苦痛と最大の喜びとが綯交ぜとなる瞬間だっただろうということ、この地点では苦痛と歓喜の定義はただひとつのものとなるが、語の欠如のために名づけようがない、ということである。わたしはロルを愛しているのでこう思いたい——ロルが日常生活において寡黙なのは、彼女がほんの一瞬にせよ、この語は存在しうると信じたからだ、と。その語が存在しないために、彼女は沈黙しているのだ。それは不在 - 語であり、中心に穴——他のすべての語が埋められてしまうようなあの穴——のあいた、穴 - 語である。この語を「言う」ことはできないが、「響かせる」ことはできただろう。巨大な、果てのない、空虚なゴング——それは立ち去ろうとしているふたりを引き止めただろう。帰れないと納得させ、他のあらゆる語を聞き取る耳を奪い、未来とこの瞬間を、ふたつながら同時に、名づけただろう。この語は、欠如しているために他のすべての語をだいなしにし、汚染する。

肉体のこの穴、それは、真昼の海岸に横たわる犬の死骸でもある。他の語たちは、どんなありさまで見出されたか。ロル・V・シュタインのそれに似た語の冒険が、いったいどれだけ生まれたばかりで息の根を止められ踏みにじられ、古着(ぼろ)と化してつるされたか。ああ、どれだけの語の虐殺があり、どれだけの血まみれの未完の語が四方(よも)の地平線に積み上げられたことか。そしてそれらのただなかに、この語、存在しないこの語が、それでもなおそこにある。その語は言語の曲がり角で待ち伏せをし、こう挑戦してくる（そいつは屈服したことなど一度もないのだ）——わたしを立ち上がらせてみるがよい、いたるところに穴のあいたわたしの王国、そこから海が、砂が、ロル・V・シュタインの映画のなかの舞踏会の永遠が、流れ出してゆくその王国から、わたしを浮かび上がらせてみるがよい、と。

(LVS 47-49 / OCII 308-309)

　この数ページに、ロル・V・シュタインという存在の創造の（デュラスにとっての）意義が述べられている。「わたし」という語りの装置を置いたのを忘れて（というよりも、そうした物語作成上の枠組みにははじめからたいして縛られることなく、と言うべきか）、書き手デュラスは、ロル・V・シュタインが身を置いた語りえない瞬間を言おうと苦闘している。「わが愛しき狂女」とデュラスが呼ぶロルは、このときデュラスのもとへ突然やって来て、（こんな言い方が許されるなら）デュラスの替わりに「魂を奪われ」（てくれ）たのだ。つまりデュラスは、ロルというシャム双生児である妹を産み落とす（切り離す）ことで、物語を書くことができたと言えはしないか。ロルの物語だけではなく、行き詰っていた女乞食と副領事の物語を、アンヌ - マリ・スト

レッテルの物語を書くことができたと…
「わたしはロルを愛しているのでこう思いたい」とは、物語上の（まだ姿を現していない）語り手の、ではなく、デュラスその人のことばである。

　さてロルは、毎日午後になると、この「光の船」にたとえられている舞踏会のその瞬間に入ってゆく。三人だけを閉じ込める船。想像のなかで、ロルは船出しようと試みるのだ。船旅とは何か。それは、ふたりのカップルの愛が成就するのを見届ける時間と空間。永遠に夜の船旅では、三人の関係は壊されない。

> **彼は、彼女の黒いドレスをゆっくりと脱がせる。そして彼がそれをしている間に、旅の大きな行程が踏破されただろう。（…）**
> **ロルにとって、この行為が行われた場所に自分がいないということは考えられないことなのだ。彼女なしでこの行為は行われたはずがない。（…）彼女はそれを見るために生まれた。他の人たちは、死ぬために生まれたのだ。この行為は、見る彼女がいなければ、渇いて死ぬ。ぼろぼろに崩れる。ロルは灰になる。**
> 　　　　　　　　　　　　　　　　　　　　（LVS 49 / OCII 309）

　ロルは、自分を去ったマイケル・リチャードソンに未練はない。彼女は彼に、見返りを求めない大胆な愛を与えたが、もうその愛はない。彼女がいま彼に求めるのは、愛の成就を見せてくれること——

ロルはもうこの愛のことは考えない。それは、残り香にいたるまで、死んでしまったのだ。

T. ビーチの男がロルの世界で果たすべき役割は、いまやただひとつ、つねに同じ役割——マイケル・リチャードソンは毎日午後、ロ・ル・で・は・な・い・女性のドレスを脱がせ始める。だが黒いドレスの下に、ロ・ル・の・で・は・な・い・白い胸が現れたところで手を止めてしまう、幻惑されて。ただひとつの仕事である、この着衣をはぐ行為に倦んだひとりの神は。そしてロルは、彼が再びその仕事を始めるのを空しく待つ。もうひとりの女の、不完全な身体で、彼女は叫ぶ。空しく待ち、空しく叫ぶ。

(LVS 50-51 / OC II 310)

そう、想像のなかではいつも同じところで止まってしまう。ロルは、自分の身体がもうひとりの女のそれに、彼の傍で置き換えられてゆくのを恍惚となって見つめるのだが、いつも想像のなかでは、完全な消滅まで到達することができない。ところがある日…

想像に遊ぶだけではなく行動に移るロル。それをデュラス(語り手)はこう宣言する——

そしてある日、この不完全な身体が、神の腹のなかで身動きする。

(LVS 51 / OC II310)

新しいロルが生まれようとしているのである。ここから物語が動き始める。「わたし」が姿を現す。ジャック・ホルド、36歳。医師ピエール・ブグネール(タチアナの夫)の部下。正確に言うと、「わたし」はまだ、自分がジャック・ホルドだと白状はしていない。ロ

ルの家の前を偶然タチアナとともに通りかかり、ロルによって目撃されるのである。ロルが認識したのはもちろん旧友であるタチアナのほう、そして愛人というありふれた両人の関係である。数日後、ロルは散歩の途中、映画館から出てきたその男を再び見かける。ロルは男のあとをつける。推察どおり、男はタチアナと逢引きをする。ふたりのあとをつけながら様子を窺うロルは、たちまちあることを看破する——ふたりは愛し合ってはいない。ふたりの行き先は〈森のホテル〉、愛人たちのための場所。ロルはふたりが入った部屋の窓の正面にあるライ麦畑のなかにもぐり込む。

> **窓の四角い光を横切って男の影が動く。一回、そして二回目は逆方向に。**
> (…)
> **こんどはタチアナ・カルルが、ゆっくりと、光の空間を横切る。黒い髪に覆われた下は裸で。**(LVS 63-64 / OCII 317)

情事がすんで明かりが消え、ふたりがタクシーで去るまで、ロルはライ麦畑の中でその窓を見つめ続けるのである。

次にロルは、S. タラのタチアナの家をつきとめる。

> **タチアナは、S. タラの南、森に近いところにある大きなヴィラに住んでいた。**
> (…)
> **ヴィラは小高い丘の上にあった。庭園は広く、木々が茂っていて、正面からは建物が見にくいが、反対側からは（…）バ**

> ルコニー付きの上層階、夏にはよくタチアナの姿がある広い
> テラスなどが見わたせた。鉄格子の門があるのはこちら側で
> ある。(LVS 68 / OCII 319)

ロルは念入りに身支度を整えて――白いドレス、あの夏、彼女は恋人の好みを尊重して、ずっと白のドレスで過ごし、タチアナはそれを知っている――タチアナの家を訪ねる。不意打ちに現れた女性を誰かといぶかったタチアナは、その女が門からテラスのほうへ歩いてくる姿を見つめる。一緒にテラスにいたふたりの男が、タチアナの傍に来る。

> **この男たちのひとりが、ロルの探している男である。彼は、はじめて彼女を見る。**　　　　　　　　　　(LVS 72 / OCII 322)

タチアナはロルを認め――ロ・ラだわ、そうよね？――ふたりは抱擁する。

> (…) **ロルの探していた男は突然、激しい火のような彼女の視線に捉えられた自分を見出す。タチアナの肩に頭をのせたロルが、彼を見ている。彼はちょっとよろめいて、眼をそらした。彼女は間違わなかった。**　　　　　　(LVS 73 / OCII 322)

ここで語り手「わたし」ははじめて、この男、タチアナの愛人ジャック・ホルドが自分であると白状する。ロルが、落とした魂をもう一度探すための機会をつかまえた（と思った）瞬間である。

ロルは、ではジャック・ホルドをどうしようというのか、彼の心

を火箭のように射抜いておいて？　ここまでの語りを思い出せば明らかだが、男は彼女を「愛によって知った」のである。つまりロルは、アンヌ‑マリ・ストレッテルがマイケル・リチャードソンに対してしたことを、旧友タチアナの愛人に対して施したようにも見える。間接的な意趣返し（誰に対する？）のようなこの行為は、実際にはまったくそうではないことがすぐに明らかになる。気楽な独身者は、簡単に上司の妻からその女友達へと乗り換えるというわけにはいかないのを悟らされる。そして次第に、ロルの狂気に、共犯者として巻き込まれてゆくことになるのである。

　歓談のあと、ロルは去り際に、タチアナ夫妻とジャック・ホルドを自分の家に招待する。
　数日後、ロルの家。客間でのロルとタチアナの会話を、庭に身を隠して立ち聞きするジャック・ホルド。ロルが平然として吐く嘘に、タチアナは警戒心を抱く。夫妻の友人（実は自分の愛人）ジャック・ホルドについてどう思うかというタチアナの質問に答えて――

――すべての男たちのうちで最良の男(ひと)は、わたしにとって死んでしまったのよ。〔他の男に関して〕とくに意見はないわ。
（LVS 97 / OCII 336）

　二重の嘘。マイケル・リチャードソンはロルにとってそういう存在ではなかった（あの女(ひと)が入ってきた瞬間、わたしはもう彼を愛していなかった、とロルはジャック・ホルドにのちに語る）、そしてジャック・ホルドを一瞬で虜にしたあの眼の光（ただしジャック・ホルドはその関心の意味するところを取り違えていたが…）。

タチアナは警戒する。昔、ロルの心はここ(傍点)にはないと感じていたのと同じ直感。
　客間に入ったジャック・ホルドはタチアナに、過去の恋の唯一の目撃者であるタチアナに、マイケル・リチャードソンについて質問する。

> ふたりは驚きもせず、顔を見合わせる。長い、長いあいだ、そうしている。そして、彼女たちだけがその本当の濃密さを知っているあの夜の時間(傍点)を語り、その報告をすることは不可能だと結論する。あの夜、彼女たちは見たのだ、時間が、一時間、また一時間と崩落して、ついにその終わりには、愛の手、愛の名前、愛の過失が、変わってしまうのを。
> ——彼は二度と戻ってこなかったわ、二度と、とタチアナは言う。なんていう夜だったの！
> ——戻らなかった？
> ——T. ビーチには彼のものはもう何もないわ。両親が亡くなって、彼は相続した不動産を売ってしまった。あいかわらずここには戻らないまま。
> ——知っていたわ、とロル。(…) 彼は死んだのでしょうね？
> ——おそらくね。あなたはまるで生命(いのち)そのもののように彼を愛していたわね。(LVS 101 / OCII 338)

> (…) ロルは、学校が夏休みだったある朝、テニスコートでT. ビーチの男に出会った、彼は25歳、(…) ロルは出会った瞬間に彼を愛した。
> ——彼は、変わったからには去るべきだったのよ。

III. ロル・V・シュタイン

――あの女性はアンヌ‐マリ・ストレッテル。フランス人、
　　カルカッタのフランス領事夫人よ。
　　　――死んだの？
　　　――いいえ、年をとったわ。
　　　――なぜ知ってるの？
　　　――夏に、ときおり見かけるわ。T.ビーチで何日か過ごす
　　のよ。でもいまは来ない。彼女は結局、離婚しなかったわ。
　　マイケル・リチャードソンとはとても短い期間、数ヶ月だっ
　　たはずよ。
　　　――数ヶ月…　と、ロル。　　　　　　（LVS 102 / OCII 338-339）

あなたは彼に残ってほしかったのか、と、ジャック・ホルドはロ
ルに尋ねる。いったいどうしたかったのか？「ふたりを見ていた
かったの」という返事。「わたし」は、自分の思い違いに気づく。
彼女は自分を巻き込んでどこへ行こうとしているのか？

　　**彼女は、明日の闇を見たがっているのだ。T.ビーチの夜の
　　闇であるだろう明日の闇が、わたしたち（彼女とわたし）の
　　ほうへ進んでくるのを、わたしたちを呑み込むのを、わたし
　　と一緒に見たがっているのだ。**　　（LVS 102-103 / OCII 339-340）

だが「わたし」は先を語りすぎる。ジャック・ホルドはまだそこ
に到達していない。
　ブグネール夫妻がひきあげるとき、彼はあとに残る。少し、怖れ
ている。ロルがタチアナに向かって言い、タチアナを苛立たせたこ
とば――「ある出会いが幸福をもたらした」――は、誰に関わるも

のなのか？　自分だという確信はある。あの、ロルの火のような視線。でも、なぜ？

ロルが言う――

　　――あなたを選んだのよ。

彼女は彼の名前を言う。

　　――ジャック・ホルド。　　　　　　　（LVS 112-113 / OCII 344）

ロルが口にすることばの虚ろさに彼が気づくのはこのとき、自分の名前が発音されるのを聞いた瞬間である。

> **この名を口にするロルの無邪気さ！　このように名を呼ばれた人物への信頼がきわめて不安定なものであるということに気づく者がいるだろうか、ロル・V・シュタイン、自らをこう称している彼女以外に？　特に世間の注目を集めることもなく目立たない男が、一目で見出されたのだ。S. タラのすべての男たち同様、空疎な存在である自らを省みることもなかった男――彼を定義しているのは、その身に流れる血液とともにその空疎さだというのに。彼女はわたしを捉え、取り込んだのだ。わたしの名が名指すことをしないのは初めてのことだ。**　　　　　　（LVS 112 / OCII 344）

ジャック・ホルドは、自分の名が自分を名指さないこと、「ジャック・ホルド」は、自分でなくても、S. タラの男なら誰でもよいこと

III.　ロル・V・シュタイン　　69

に気づいた。ロルが苛立ちをこめて、自らロル・V・シュタインという不完全な名乗りをすることの意味にも。だからこそ、彼はその完全な名を口にするのだ。

　　——ロラ・ヴァレリ・シュタイン。　　（LVS 113 / OCII 344）

　この呼びかけにロルは「はい(ウィ)」と素直に応じるが、それは彼女がその名を口にするのにふさわしい男としてジャック・ホルドを認めたからではないことは明らかである。むしろ、ジャック・ホルドの名、ロラ・ヴァレリ・シュタインの名が口にされると、その空疎さが際立つのだ。「わたし」はそれに気づいている。

焼かれて灰になったその存在、その破壊された本性の透明さを通して、彼女はある微笑を浮かべてわたしを迎える。好みは問題ではない。わたしは、彼女がついて行こうと決心したS.タラの男なのだ。わたしたちはこうして結び合わされた。わたしたちの存在の空疎化が進む。わたしたちはたがいに名を呼び合う。　　（LVS 113 / OCII 344）

　しかしジャック・ホルドの認識は、まだ深いところに到達していない。ロルが彼とタチアナの逢引きを目撃したてんまつを語ると、彼はタチアナと別れると言う。ロルはそんなことを望んではいない、ふたりは会うべきだと主張する。ジャック・ホルドは従う。ロルの邸を辞し、タチアナのもとに寄って、次の約束を再確認する。ロルについての嘘をつく。タチアナ夫妻を送り出したあと、彼女は理性的だった、と。

タチアナとジャック・ホルドの逢引き。今回はロルが麦畑に潜んでいるのを知ったうえでの、タチアナとの情事。タチアナを通してロルを欲望するジャック・ホルド。その異様な昂りに、タチアナの疑念はつのる。

　タチアナとのこの逢引きのあと、ジャック・ホルドはロルと、S.タラから少し離れた町（グリーン・タウン）のティーサロンで会って話す。ロルにとっての問題の本質を、ジャック・ホルドは理解するだろうか？

> ——あの女性(ひと)が入って来たとたんに、わたしはもう自分のフィアンセを愛してはいなかったのよ。（LVS 137 / OCII 358）

　彼にはわからない。母親にも世間にも、夫にもわからなかったように。ジャック・ホルドはロルに接吻することに気を取られている。

> ——もう彼を愛していなかったってわたしが言うのはね、愛の不在のなかでひとはどこまで行けるかわからないでしょう、ということよ。　　　　　　　　　　（LVS 138 / OCII 358）

　愛してしまっているジャック・ホルドに理解できるはずがない。説明のことばはなかなか見つからない。

> ——それは置き換え(ランプラスマン)なの。　　　　　　　　（LVS 138 / OCII 358）

場所(プラス) place——置く(プラセ) placer——置き換える(ランプラセ) remplacer。恋愛の当

事者と自分を置き換えること、愛の成就を見届ける者（そして 語る /
書く 者）となること（精神分析家に発言させれば長々と説明がなされるだろ
う）…

『モデラート・カンタービレ』で始まった、デュラスがデュラスに
なるための苦闘は、ロルが受け継ぐ。はじめに犯された（ロルの主
張によれば）過ちによって。

　　　——わたしは自分の場所にもういなかった。彼らはわたしを
　　連れ去った。そして気づいたときには彼らなしで、ひとりだっ
　　たのよ。
　　　　　　　　　　　　　　　　　　　　　　　　（LVS 138 / OCII 358）

もういちど自分の場所を見出すこと、夜明けが来る前、バーの後
ろの観葉植物の陰で、踊るふたりを見つめていたあの場所、あの瞬
間を…　だがそれはもう不可能、曙光は決定的に差し込んでしまっ
たのだから。

　　　——誰がわたしの代わりをしている〔わたしの場所にいる〕のか、
　　わからないわ。
　　　　　　　　　　　　　　　　　　　　　　　　（LVS 138 / OCII 358）

〈森のホテル〉（オテル・デュ・ボワ）の前のライ麦畑に身を横たえるのはどのくらいその
補償になるのか？　ロルには更なる計画があった。
　ロルの家での二度目の夕食会。ロルはジャック・ホルドに、T. ビー
チへの小旅行（ヴォワヤージュ）を（ひそかに）提案する。ジャック・ホルドはあいか
わらず理解できないまま、それでももちろん承諾し（——なぜ T. ビー
チへもう一度？——わたしのためよ）、彼らの様子を見ていたタチアナは、
愛人の心変わりを確信する。

次の逢引きは、ふたりの別れ話の場となる。タチアナが言う──

　　──彼女(ロル)は狂ってるのよ。苦しまないわ。気の狂ったひとたちって、こんなふうなのよ、わかる？　　　　　　(LVS 164 / OCII 373)

ジャック・ホルドにはわからない。タチアナに、(相手は)ロルなの？と訊かれて、わからない、と答えるのは嘘ではない。彼にわかっているのは、自分がロルを愛していること、タチアナを(彼女を通してロルを)欲していること、そして、次の日にロルと(汽車で) T. ビーチに行くだろうということ。

ホテルの前の麦畑で、ロルは眠っている。

T. ビーチへ行く朝、プラットホームでロルの見せる喜び。彼女は二日前、ひとりで T. ビーチの駅まで行ったのだ。しかし「彼」なしでは無意味だと悟り、駅から出ることなく、次の列車で引き返した。

汽車のなかでロルは言う──

　　──(…)わたしは長いあいだ、自分の身体を、置くべき場所以外のところに置いてきたわ。いま、身体が満足する場所に近づいていると思う。　　　　　　　　　(LVS 173 / OCII 378)

彼女は饒舌だ。そして「わたし」は思う──

　　ロル・V・シュタインの記憶にわたしが到達するときがきた。小旅行(ヴォヤージュ)の果てには舞踏会があるだろう。舞踏会は、トランプ

カードで築いた城のように崩れ去るだろう、いまこの旅行そのものが崩れてゆくように。彼女は、その記憶を生涯で最後にもう一度見て、それを埋葬する。これからは、今日のこの光景、彼女の傍にいるこの伴侶を、思い出すことになるだろう。

(LVS 175 / OCII 379)

そうではなく、彼女がすべてを忘れてしまうことまでを、「わたし」は想像しえない。だがそれは、別の本のなかでのこと、書き手もまだ、そのことを知らない。

　T.ビーチに着く。夏の浜辺。若者たち。市営カジノの壮麗俗悪な建物。ロルは笑う。建物のなかに入る。黒服の男。案内されて舞踏会場(ラ・ポティニエール)を見る。広いダンスフロア、フロアの周囲に置かれたテーブル、フロアの端は緑の観葉植物で仕切られた遊歩スペース。「わたし」はロルの傍に寄り添い、彼女の視線を追って、彼女の記憶をたどる。フォックス・トロット、朗らかに笑う金髪の娘、恋人たちのカップル、母親の叫び——そして、すべて埋葬された。すべてが、ロルも含めて。

　外に出る。案内の男が、ロルを思い出す。ロラ・シュタイン嬢、17、8歳、疲れを知らないラ・ポティニエールの踊り手。男が自らの迂闊さを詫びる。

　　——失礼いたしました。 (LVS 182 / OCII 384)

　彼はその後のシュタイン嬢の物語も知っているに違いない。しかしもはや何の関わりもない。ロルは、思い出さない。

カジノの外は砂浜。ロルは砂の上に横たわり、あくびをし、おなかがすいた、何か食べに行きましょうと言い、そのまま眠りに落ちる。

> **彼女の手も、一緒に眠っている、砂の上に置かれて。**
> （LVS 182 / OCII 384）

「わたし」はしばらくのあいだ、ロルの手を、結婚指輪をはめた手を、もてあそぶ。

> **わたしは、致命的に色あせたロル・V・シュタインの記憶に抗おうとは思わない。わたしは眠る。** （LVS 182 / OCII 384）

　これが「旅」の意味だったのか？　十余年前のあの場所、そのもはやとりかえしのつかない風化を、ロルを通して「わたし」が確かめること——そう、取り返すことが如何にしても不可能であるからこそ、ロルの存在の愛しさが増すのだ（誰にとって？）。

　砂の上の眠りから、「わたし」のほうが先に眼を覚ます。

> **彼女は同じ恰好のまま、まだ眠っている。一時間ばかり眠っている。少し日が傾いた。彼女の睫毛が影をつくっている。少し風がある。彼女の手は、彼女が眠りに落ちたときと同じ場所にあり、少し砂のなかに埋もれている。爪が見えなくなっている。**
> （LVS 183 / OCII 384）

ロルが眼を覚ます。ふたりは見つめあい、ことばを交わすことなく抱き合う。

　砂浜の向こうのほうで泳いでいた人たちが、何か——たぶん死んだ犬——の周りに集まるのを、彼女は見ない。死んだ犬——それは、この同じ場所で、かつて彼女が空しく求め、さらにS.タラの町をさまよいながら捜し求めた、存在しえないことばの比喩であった。自ら選んだS.タラの男の胸に顔を埋めて、ロルはそれを見ない。

　ふたりはレストランに食事に行く。ロルはもりもり食べる。「わたし」はそれを見ながら、思う——

> **わたしは、おそらくまもなくわたしたちを引き裂きにやって来るはずの終わりを、拒否する。その、安易で情けないほど手軽な終わりを。この終わりを拒否すれば、もうひとつ別の——これから作り出さねばならない、わたしの知らない、誰もまだ作り出したことのない——終わりを受け容れることになるからだ。それは、終わりのない終わり、ロル・V・シュタインの終わりのない始まりなのだ。**
>
> **彼女が食べるのを見ていると、わたしは忘れる。**

（LVS 184 / OCII 385）

　ふたりはホテルに部屋を取る。

　これは成就ではない。「わたし」がロルに導かれてその認識に至ったように、ロルの終わりのない終わりの始まりである。「わたし」は自分の役目を果たしおおせるのだろうか？

> **ロルは、別のときを夢見ている。そこでは、これから起ころ**

うとしているのと同じことが、違ったふうに起こるであろう。別様に。何度も何度も。あらゆる場所で、他所で。
(…)
わたしは彼女の服を脱がせねばならない。彼女は自分では脱がないだろう。さて、彼女は裸になった。ベッドにいるのは誰だ？　誰だと、彼女は思っているのか？
横たわったまま、彼女は動かない。不安なのだ。じっとして、わたしが彼女を横たえた場所にいる。こんどはわたしが服を脱いでいるあいだ、彼女は部屋のあちらから、まるで見知らぬ人間を見るかのようにわたしを眼で追っている。誰なの、この人？　危機はここにある。このときのわたしたちの状況、彼女とわたしと、ふたりだけでこの部屋にいるという状況が、危機の引き金を引いたのだ。　　　　　　　　(LVS 187 / OCII 386)

混乱…

彼女にはわたしがわからない、まったくわからない。
——わからないわ、誰なの？　　　　　　　　(LVS 188 / OCII 386)

錯乱…

「わたし」は彼女を愛撫する。身体の上に花を描く。彼女は静まる。たぶん、タチアナ・カルルの愛人と一緒にいることを思い出したのだ。

ところがこんどはついに、そのアイデンティティ、彼女が認

III．ロル・V・シュタイン　　77

識するその唯一の、少なくともわたしが彼女を知ってからの期間、つねによりどころとなっていたその唯一のアイデンティティがあやふやなものになる。
──誰なのよ？
彼女はうめく、名前を言ってと懇願する。わたしは言う──
──タチアナ・カルルじゃないか。 （LVS 188 / OCII 387）

疲労困憊した「わたし」、ジャック・ホルド。こんどはロルが彼を助ける。ロルはやり方をこころえている。ところがその後、ロルは半狂乱に陥る。叫ぶ、ののしる、抱いて──同時に放して──と懇願する、追いつめられてベッドから、部屋から逃げようとする、再びおとなしくとりこになりに戻ってくる…

（…）もはや、彼女とタチアナ・カルルのあいだには違いがなかった。ただ、後悔を知らないその眼、自分に呼び名をつける行為──タチアナのほうはそんなことはしない──、そして彼女が自分に与えたふたつの名──タチアナ・カルルとロル・V・シュタイン──を除いては。 （LVS 189 / OCII 387）

ロルは不完全なロル・V・シュタインであると同時に、ジャック・ホルドの愛人タチアナ・カルルともなるが、現実の時空のその出来事は混乱をもたらすだけの結果に終わる。ロルはこうして、決定的な喪失の時空、「別のとき」「別の場所」の住人になってゆく。「わたし」はそれを感じている（「わたし」はロルを愛している）から、ロルへの欲望を遂げることではなく、ロルの物語の語り手となることを選んだのだ。ジャック・ホルドと「わたし」の乖離がしばしば見

られるのは、当然のことながら最終のこの地点にまで至った「わたし」の視点からの語りであるためだし、さらに言えば、「わたし」には、ロルの物語を語る——ことばをもたないロルの代わりに語る——デュラスの〈神〉が憑依しているのだ。
「愛す̇る̇」というのは、語り手デュラスにとって、そういうことなのである。

　ロルの物語は、「　旅　」(ヴォヤージュ)から帰ったロルが、ジャック・ホルドとタチアナ・カルルの逢引きを（またしても）見るために、ライ麦畑のなかに身を潜める場面で終わる。

> **わたしが〈森のホテル〉についたときには、日が暮れていた。ロルはわたしたちより先に来ていた。彼女はライ麦畑のなかで疲れて眠っていた。わたしたちの「旅」で疲れ果てて。**
>
> 　　　　　　　　　　　　　　　　　　　　（LVS 191/ OCII 388）

2

　麦畑で眠るロルのもとに救急車がやって来て、喪心したロルを連れさった、と、切れ目なしにそのまま語り続けるのは不都合だろうか？
　わたしたちはここから、二冊目の本、『愛』に入るのである。

　この、ロル・V・シュタインの「その後の物語」が書かれるのは、

現実の時間の中では6年後で、物語の中ではいったい何年のときが流れているのか、定かではない。もうそんなことは問題ではなくなっている。つまり、ふたつの物語のなかに流れる時間は、等質のものではなくなっているからだ。…というより、『愛』のなかでは、時間はもはや流れない、と言うべきだろうか。だから、『ロル・V・シュタインの喪心』(以下、『ロル』と略記する)の192ページに、「麦畑に救急車がやって来た」と続けるのは、不都合なのだ。

　変質しているのは時間だけではない。空間もまた、本質的な変成作用を被っている。物語の場所は、S. タラ*。

> *『ロル』のS.タラは、S.Tahla という綴りだったが、こちらはS. Thala。同じ町だが、微妙に異なるということを示すための故意の綴りの変化か、もしかすると―ありうることだが―デュラスの単なる記憶違いに起因する変化なのか。あるいは、次のような事実が関係しているのかもしれない―後のインタヴューでデュラスは、**あれはずっと後、そう、ずっと後のことだったけど、S. Thala ではなくThalassa ということに気がついた**」(Lieux 85 / OCIII 232) と、ミシェル・ポルトに語っている。「海」の意をもつギリシア語thalassa(タラサ)の無意識的な記憶がS.Tahla という造語につながり、それを意識して後、つづりをS.Thalaと改めたのか…

　S. タラ――同じ町、しかし、違う。S.Tahla の町は、T. ビーチまで汽車で行かねばならない距離にあった。『愛』では、S.Thala は直接海に面しており、かなり大きな川が海に注ぎ込む河口にもあたっている。『愛』の舞台は、この浜辺と、浜に面して建てられているホテル、そしてその背後に広がる町である。

　『ロル』における人名・地名の名づけは、国籍や出自の推測を不可

能にする独特のもの（S.タラをはじめとして、各登場人物の名前）、逆に名づけることで個性が殺されているもの（橋の町、緑の町、森のホテルなど）の、二通りがある。もちろん現実の地図上で地域を特定することはできない。

これに対し、『愛』の空間は（S.タラという町の名前を除いて）いっさい名づけられない。ところがこの場所が、セーヌ河の河口、ル・アーヴルの対岸に位置する町トゥルーヴィルの海岸と、その浜に面して建つ〈黒い岩のホテル〉の建物をイメージした空間だということは明らかである。この（かつての）ホテルは、デュラスの住居のうちのひとつであり、ロルのS.タラは、彼女に関する二冊目の本のなかで、あからさまにマルグリット・デュラスの空間そのものになっているのだ（しかしそこはあくまでもS.タラであって、トゥルーヴィルではない）。

さらに『愛』において特徴的なことは、この自らに親しい空間のなかから余分な（架空の）名づけを排除したデュラスが、浜辺、町、ホテル、などの普通名詞さえもしばしば採用せず、抽象名詞、抽象的表現でこれらを置き換えていること——

たとえば「町」と言う代わりに「（石の）厚み」「黒い物質」「連綿と連なる塊」

「カフェ」と言わず「強い光」

「S.タラの市営カジノ」と言う代わりに「S.タラの中心／心臓」「白い中心」あるいは「白い建物」

「ダンスホール」の代わりに「壁と壁のあいだの場所／広場」など…

これらの語が一種呪文のように繰り返されることで、この空間は、

ことばによって描き出される抽象画のような印象を与えることになる。

『愛』の主な登場人物は三人。いずれも固有名はもたない。男は「彼」または「旅人」。女は「彼女」。そしてもうひとりの男は「歩く男」または「狂人」。その他の幾人かにも名前はない。

> ひとりの男。
> 彼は立って、眺めている。浜辺、海。海は引き潮で、静か。季節は不定、時間は緩やかにめぐる。
> 男は、砂の上に設えられた板の遊歩道の上に立っている。
> (…)
> 彼は動かない。眺めている。
> (…)
> 眺める男と海のあいだ、遠くの波打ち際を、誰かが歩いている。別の男。(…)その男は歩く、つねに同じかなり長い距離を、行っては戻り、行ってはまた戻る。(A 7 / OCII 1269)
> (…)
> 左手には、眼を閉じた女がひとり、坐っている。
> 歩いている男は、見ない、何も、自分の前にある砂以外のものは、何も。彼の足どりはきりがなく、規則正しく、遠い。
> 三角形は、眼を閉じて坐っている女のところで閉じる。彼女は浜辺の尽きる辺り、町との境を区切っている壁に背をもたせて坐っている。
> 眺めている男は、この女と、波打ち際を歩く男のあいだに位置している。
> (A 8 / OCII 1269-1270)

『愛』は、このように始まる。簡潔な語り。
　不可解な、しかし印象的な、三角形。男――女――もうひとりの男。
　やがて、三角形は崩れる。眺めていた男が動き、板の道を移動して、女の前に立つ。女を見る。

**　　女は、見られている。**
**　　彼女は足を投げ出して坐っている。薄暗い光のなかで、壁にはめ込まれている。眼を閉じて。**
**　　見られていると感じていない。眺められていることを知らない。**
**　　海の方向に向かって坐っている。白い顔。半ば砂に埋もれて、身体と同様、動かない両手。捉えられ、不在のほうへ移動させられた力。逃げようとする動きのさなかに捉えられた力。それを知らず、自らの状態を知らないまま。**
　　　　　　　　　　　　　　　　　　　　（A 10 / OCII 1270-1271)

　この光景に、わたしたちは見覚えがある。
　『ロル』の終わり近く、ジャック・ホルドとともに行ったT. ビーチの浜に横たわって眠るロルの姿。身体と同様、眠っている手。ジャック・ホルドはその手をとり、それをもてあそんだあと、自分も傍に横たわって眠った。
　『愛』のこの男は、女を眺めるだけで、通り過ぎる。通り過ぎてさらに歩いて遠ざかる。彼方の防波堤にまで至って、そこで砂の上に腰を下ろす。波打ち際の男だけが、規則正しい、囚人のような動きを持続している。

一瞬のあいだ、誰にも、何も、聞こえない。誰も耳をそばだてていない。
そして、ひとつの叫び声が上がる——
眺めていた男が、こんどは自分が眼を閉じ、彼の身体を持ち上げひきさらおうとする衝撃に打たれて、天に向かって顔を上げる。顔がひきつり、彼は叫ぶ。　　　　　　(A 12 / OCII 1271)

　叫び——わたしたちはまたしても、叫びに引き裂かれる。舞踏会の終わり、明け方に聞かれたひとつの叫び。終わりの始まりを悟ったロルの叫び。聞かれなかった叫び。去ってゆくアンヌ-マリ・ストレッテルとマイケル・リチャードソンによってけっして聞かれなかった叫び…
　ここでは、叫ぶのは男。そしてこの叫びは、ロルの物語の第二幕を上げる合図となる。この叫びは、聞かれるのである。
　女は腕を上げて自分の眼を覆う。このしぐさに、歩く男が眼をとめる。

腕が再び下に落ちる。
物語。それが始まる。じつは、波打ち際の歩行、叫び、しぐさ、海や光の動き以前に、それは始まっていたのだ。
しかしそれがいま、眼に見える形になった。すでに物語は、砂の上に、海の上に、根を下ろしている。(A 13 / OCII 1272)

　眺めていた男は、防波堤のところから戻ってくる。女に近づいてきて、立ち止まる。彼女を眺める。

> わたしたちはこの男を——必要なら——「旅人」と名づけよう。彼の足どりの緩慢さのゆえに、彼の視線の定まらなさのゆえに。　　　　　　　　　　　　　　　　（A 13-14 / OCII 1272）

ふたりはことばを交わす。

> ——何をしているのです、もうすぐ夜になるのに。
> **彼女はとても明瞭に答える。**
> ——眺めているのです。
> **彼女は前にあるもの、海、浜、青い町、浜の後ろにある白い中心、その全体を示す。**　　　　　　　　　（A 14 / OCII 1272）

彼女は、誰かが叫んだと言う。聞いた、と彼は答える。彼女は言う——

> ——あなたは今朝、いらしたのね。
> ——そうです。
> **(…) 彼女は自分の周りの空間を示して、説明する。**
> ——ここは、川までが S. タラよ。　　　　　（A 15 / OCII 1273）

そして異変(アクシデント)が起こる。光。夜に向かって次第に薄暗く変化していた光が、突然止まり、強くなり、そのまま凝固してしまう。歩いていた男が旅人のところへやってくる。何が起こったのか、光が止まった、と訊く。彼の口調には強い希望が表われている。彼の眼は青く、驚くほど透明で、じっと見つめられると吸い込まれそうである。光

の停止とともに音も聞こえなくなっている、海の音も。

　　——**何かが起こる。こんなことはありえない。**
（A 18 / OCII 1274）

彼はまた旅人を執拗に見つめて言う。

　　——**あなたは S. タラに来るのは初めてではないですね。**
（A 18 / OCII 1274）

旅人は答えに窮する。答えようとして、答えられない。口ごもる。

　　——**つまり…（間）…わたしは思い出そうと…そうです…思い出そうと…**
（A 19 / OCII 1275）

はっきりした響きをもった声が、彼に答えを促す。

　　——**何をです？**
とても強い制御不能の身体の力が、声を奪い取ってしまう。
声にならない声で、旅人は答える。
　　——**すべてを、全体を、です。**
旅人は、答えた。
光の動きが戻り、海の音がまた聞こえはじめ、歩く男の青い視線はそらされる。
歩く男は、自分の周囲、海、浜、青い町、白い中心、その全体を指して言う。

――ここは川までS.タラ。

　彼の動きは止まる。それから再び、こんどはもっと正確に示そうとしたらしく、全体、すなわち、海と、浜と、青い町と、白いものを示し、さらに、その向こうの海や浜や町、さらにもっと向こうの、同じ全体を示して、つけ加える。
　　――川の向こうも、またS.タラ。　　　　　（A 19-20 / OCII 1275）

　傍点を施したこれらふたつのフレーズを、デュラスは自分が生涯で書いたなかでいちばん美しい文章だと言う。わたしたちにとっては、最も不可解で、それゆえに忘れられない、ふたつの文章。
　こうして彼らの最初の出会いが果たされる。彼女は歩く男のあとについて姿を消す。
　夜が来る。旅人のねぐらはホテル。夜が明けると再び浜辺。彼女はまた、壁にもたれて坐っている。彼女が言う――

　　――おなかに赤ちゃんがいるの。吐き気がする。
　　　　　　　　　　　　　　　　　　　　　　（A 23 / OCII 1277）

　歩く男についてはこう語る――

　　――彼はわたしたちを保護しているの。（…）わたしたちをつれて帰ってくれるのよ。　　　　　　　　　　（A 24 / OCII 1277）

　わたしたちとは誰のことを指しているのか？　彼は、彼女たちをどこへつれて帰るのか？…その場所はやがて判明する。川が海に注ぐ河口にできた三角州である（「島」と呼ばれるこの地形は、わたしたち

III．ロル・V・シュタイン　　87

に親しい——そう、副領事が行くのを許されなかったガンジス・デルタの島)。
そして彼女が眠るのは、監獄の壁の外。

　絶え間なく聞こえる音について彼女は言う——

　　　——あれは、S.タラから来るの。(…) S.タラの音よ。
　　　　　　　　　　　　　　　　　　　　　　（A 27 / OCII 1279）

　旅人は耳を澄ます。長いあいだ。絶え間ない咀嚼の音。

　　　——食べているんだな。
　　　彼女にはよくわからない。彼女は言う——
　　　——でなければ家に帰るところ、(…) でなければ眠っているか、何もしていないか。　　（A 27 / OCII 1279）

　S.タラの町の住人が立てる音は、げっ歯類が何かを齧る音。顔のない、住人たちが立てる音。
　歩く男がやってくる。旅人は彼に、何をしているのか訊ねる。歩いているだけなのか、と。S.タラの周辺を、と。男が答える——

　　　——そうです。
　　　——他には何も？
　　　——何も。(…) わたしは狂人なのです。（A31 / OCII 1280-1281）

　彼が監視しているのは、それでは狂った世界なのだ。その世界の住人は、さしあたって彼自身、と、彼女。

3日経つ。そのあいだに嵐があり、海が荒れる。カモメが死んでいる。犬も。死んだ犬。またしても。ロルが最後の「旅」で見なかった犬の死骸。彼女はいない。壁のところにいない。海が、死んだカモメと犬を運び去る。

　太陽が戻ってくる。彼らも戻ってくる。女と、歩く男と。旅人を見ると、男はどこかへ行ってしまう。女と旅人は浜辺の板の遊歩道にある「強い光」のなかに入る。カフェのことだ。旅人が見守る前で彼女は食べる。(どこかで見た場面——ロルの最後の旅、浜辺で眠ったあと、ロルが旺盛な食欲で食べ、それを「わたし」が見守る場面である。)

　　——おなかがすいたわ、わたし、赤ちゃんができるの。
　　　　　　　　　　　　　　　　　　　　　　　(A 35 / OCII 1282)

　旅人は問う。

　　——誰の子なんです？　　　　　　　　　　(A 35 / OCII 1282)

　彼女は知らない。彼女にはわからない。彼女は砂と塩の匂いがする。

　　彼女は彼が傍にいるのを見る——旅人、ホテルの男。彼女は手を上げ、自分が見ている顔に触れる。見つめているあいだ、手はずっとそこに置かれている。温かい手は肌にやさしく触れている。ところがそのやさしさに響きあうもののまったくない声が、とつぜん聞こえる。

——S. タラに、なぜ戻っていらしたの？

　ふたりは見つめあう。

　——「旅(ヴォヤージュ)」をしようと…

　彼は黙る。　　　　　　　　　　　　　　　　　　　（A 37 / OCII 1283）

　「戻ってきた」と言うからには、彼女は彼を、ここS. タラで、以前に知っていたということか？　彼の「旅(ヴォヤージュ)」とは何なのか？

　カフェはしだいに空(から)になり、S. タラの住人たちはぞろぞろと帰ってゆく。町の音が一時高まり、やがてその音は、歌のようなものに変わってゆく。遠い歌声。荘重な調べのマーチ。ゆっくりとしたダンスの曲。死んだ舞踏会の、血まみれの祝祭の。男の恐怖。彼女は動かず、息さえせずに、その音楽を聴いている。

　——あなたは誰なのです？

　音楽はまだ続いている。彼女は答える——

　——警察が番号を控えているわ。

　音楽はまだ続いている。彼女は彼を見ている。

　——あなたはなぜ泣いているの？

　——ぼくが泣いている？

　とつぜんドアが開いて、一陣の風が吹き込む。

　　　　　　　　　　　　　　　　　　　　　　　（A 39 / OCII 1284-1285）

　歩く男が入ってくる。遠くのダンス曲を聴く。じっと聴いて、言う——

　——覚えていますか？　S. タラの音楽。（A 40 / OCII 1285）

彼女が旅人を示して、彼が泣いていることを教える。歩く男の青い眼にも、涙があふれる。

　　——S.タラの音楽を聴くと、泣きたくなります。

(A 40 / OCII 1285)

　音楽が止む。
　歩く男は、ここへ来るまでに自分が陥った危険を思い出す。滅び(ペルディシオン)の危険。

　　——そう、わたしはあそこで迷って(ム・ペルドル)しまった。距離を超えてしまったんです。時間もね。
　　彼は防波堤の黒い塊の後ろの寂しい方向を手振りで指し示す。手が震えている。
　　——どうやって戻ればいいのか、わからなかった。

(A 41 / OCII 1285)

「戻らないためにはどうすればいいの」——そう自問しながら歩いた女がいた。「自分を失って(ム・ペルドゥル)／迷ってしまいたい」と唱えながら、10年も歩き続けた女。遥かガンジスに向かって。
　こちらでは男はひょいと境界を超え、危うく戻ってこられなくなるところだった。ついそこの、一跨ぎの距離であるのに。別の距離、別の時間。
　しかし彼はS.タラを超えては行かない。S.タラの監視人なのだから、歩く男は。

III. ロル・V・シュタイン

> **彼はもう、何も指し示さない。彼は忘れる。彼女、彼女を見
> て、彼は忘れる。** (A 41 / OCII 1286)

　そう、忘れる。あの女も、とうとうたどり着いたのだ、大きな河が海に注ぐあの場所で、何もかも忘れて。ガンジスの女乞食。みんなやってくるのだ、忘却の国、デュラスの世界。
　ふたりは姿を消す。歩く男と、彼女。

　夜。ふたりが夜を過ごす河口の「島」に、旅人はやってくる。彼女は眠っている。眠らなければ死んでしまうのだ、女は。歩く男は川と海のせめぎあいを見ている。旅人は眠る女に近づく。眠りながら、彼女は怒っている、怒って唸る。あるいは腹のなかの子どもが？旅人は彼女の胸に耳をつける。

> **彼は、子どもの唸り声と、ふたつの心臓の鼓動を聴く。子ど
> もの唸り声と、心臓の怒りを。**
> **彼は立ち上がり、めまいと戦う。** (A 48 / OCII 1289)

　彼女のなかで怒っている子ども。捨てられ、連れ去られる運命にある子どもの怒り——いや、いまわたしたちが読んでいるのはS.タラの女の話、インドシナの女乞食の話ではなかった…
　歩く男は旅人に向かって、彼女についてこう不思議な定義をする——

> **——絶対的欲望の対象、夜の眠り、だいたいこれくらいの時**

刻には、彼女はどこにいようとあらゆる方向の風を受け容れる（…）欲望の対象、彼女は彼女を望む者に身を任せる。彼女はその者を乗せて船出する。絶対的欲望の対象なのです。

（A 50 – 51 / OCII 1290）

傍点のことばも初めて耳にするものではない。じつは、『愛』の前に書かれた『破壊する、と彼女は言う』（1968年）でこの同じ表現が使われていた。「彼女」はエリザベート・アリオーヌという女性。のちにわたしたちは、アンヌ - マリ・ストレッテル、ロルからマイケル・リチャードソンを奪った（奪ったのか？）アンヌ - マリ・ストレッテルについて同じことが言われるのを聞くことになるだろう。

歩く男は旅人を見つめ、彼が誰かを認識する。そして、言う——

——あなたは彼女のためにS.タラに来たのですね、そのことのために、S.タラに来たのだ。　　　　（A 52 / OCII 1290）

ふたりは「島」を出て歩いてゆく。歩く男は旅人に、S.タラの町、その塊(マッス)を示して言う——

——彼女の子どもたちは、ほらあれ、あのなかにいます、彼女は子どもたちを生んで、彼らにやってしまうんです（…）町は彼女の子どもたちでいっぱいです、この地上は。（…）彼女は、あの叫び声のしたあたり、あそこで子どもを生んで、そこに放っておく、すると彼らが来て、連れて行ってしまうんです。　　　　（A 52 / OCII 1291）

再確認しておかねばならない、これは、インドシナの女乞食の話ではなく、旧約聖書の世界の始まりの話でもない、S.タラの若い女の話なのだ。しかしそれはもはや、麦畑の中に身を潜めていたロルでもない。

歩く男は続ける——

 ——ここは砂の国です。
 旅人はくり返す。
 ——砂のね。
 ——風の国です。 （A 53 / OCII 1291）

ロル・V・シュタインの、存在しえないことばの王国。くり返し、くり返し彼女が入っていった王国。S.タラ、ロルの不可能の世界。
歩く男は旅人に、切れ目のないつながり（町）を指して言う——

 ——**彼女はここだろうが他所だろうが、あらゆるところに住みました。病院、ホテル、野原、公園、道、**（彼はちょっと止まる）**それから市営カジノ、ご存知でしたか？ いまはここにいるんです。**
 彼は島を示す。旅人がたずねる——
 ——壁の外の牢獄？
 ——そうです。 （A 53 / OCII 1291）

ふたりは歩いてゆく。旅人が尋ねる——

——彼女は忘れたんですか？
　——何も忘れていません。
　——なくしたのですか？
　——焼いてしまったのです。でもそれはあそこにある、まき散らされて。
　彼は切れ目のないつながり、黒い物質(マチエール)をむぞうさに示す。

(A 54–55 / OCII 1292)

焼かれ(ブリュレ)、灰になってまき散らされる——記憶？

　次の日、旅人がホテルを出ようとすると（彼は彼女のところに行こうとしていたのだ）、彼女がホテルの中庭に来ている。ホテルの建物を見上げて、なにやら不安そうな彼女は、旅人の傍に来て、言う——

　——わたし、この場所を知っています。
　彼女は頭を起こしてホテルを見上げ、旅人を見て、さらに言う、
　——わたし、あなたを知っていました。
　彼は黙る。とつぜん、困惑が大きくなる…　(A 57 / OCII 1293)

　旅人は彼女を導いて、浜へ、海のほうへと連れてゆく。彼女の不安が消える。浜辺に腰を下ろす。彼は砂の上に横たわる。彼女が言う——

　——あの「旅(ヴォヤージュ)」、あなたが行きたがっていたあの「旅」の

ために、あなたに会いに来たのよ。　　　　　　（A 62 / OCII 1295)

　彼女は、彼女の監視人である歩く男に、旅人の居場所を訊いたのだ。
　その男は、彼方の堤防のあたりを規則正しく歩いている。彼女はさらに言う——

　　——今朝、わたしがあなたを探していると、彼はわたしにいくつかの名前を言ったわ（…）わたしはS.タラという名前を選んだ。（…）わたしたちが知り合ったのは、それが始まりだった（…）わたしはとても長いことここにいるし、あなたもそのことを知っていたはずよ。（…）あなたはそれについてきっと何かご存知よね。
　　砂が、絶え間なく、流れる。狂人の歩みが、彼女のことばの調子をとる。
　　——だからあなたは来たのね（…）わたしのためにS.タラに来たのね。　　　　　　　　　　　　（A 62-63 / OCII 1295-1296)

　しかしすぐ彼女は、その自分の考えを自分で否定する。「違うわ」と打ち消しておいて、確信をもって言う——

　　——あなたは自殺するためにここに来たのだわ。
　　　　　　　　　　　　　　　　　　　　　　　　（A63/ OCII 1296)

　返事はない。彼は眠っているみたいだ。彼女はつけ加える。

――そうでなければ、あなたはわたしが見えなかったでしょう。
(A 63 / OCII 1296)

眠っているのではなかった、彼はたずねる――

――誰もあなたを見たひとはいないのか？
彼女ははっきりと答える。
――誰だってわたしを見るわ（…）あなたは、それ以上のものを見たのよ。
彼女は遠くに、歩く男を示して、言う――
――彼よ。
彼女は海を前にして、口をつぐんだ。彼が言う――
――わたしはあなたがたのことを忘れていた。
――ええ、そうよ。（…）それであなたは自殺するために S. タラへ来て、そしてまだわたしたちがここにいるのを見たのよ。
――そうだ。
――思い出したのね。
――そう――彼はつけ加える――あれは――彼はことばを切る。
――それを言うことばが見つからない。
ふたりは黙る。
(A 65 / OCII 1296-1297)

わたしたちも思い出す、ロルが、それを言うことばを見出せなかったために、ふたりを、アンヌ - マリ・ストレッテルとマイケル・リチャードソンのふたりを立ち去らせてしまったことを。ロルの「狂気」はそこに端を発しているということを。

III．ロル・V・シュタイン 97

彼女は立ち上がる。防波堤のあたりを歩いている男に、訊かねばならないことがあるという。

> ——それは例の「旅」のことなの。(…) わ̇た̇し̇た̇ち̇が̇そ̇れ̇を̇し̇な̇け̇れ̇ば̇な̇ら̇な̇い̇と̇、な̇ぜ̇自̇分̇が̇知̇っ̇て̇い̇る̇の̇か̇が̇わ̇か̇ら̇な̇い̇の̇。(…) **彼なら教えてくれるでしょう。**
>
> (A 66 / OCII 1297)

ロル・V・シュタインが、T. ビーチへの「旅」をしなければならないと考えたのはジャック・ホルドとであった。それはマイケル・リチャードソンの身代わりとして、ということではなかった。そのときもはやロルにとって、マイケル・リチャードソンとジャック・ホルドは等価だったはずだ——すなわち、S. タラの男として。彼女は、ロルは、自分の場所にもう一度身を置いてみたかったのだ。S. タ̇ラの男が彼女に救いを求め、彼女がその彼にほほえんだ場所、「出来事」が彼女を見出した、その場所に、S. タラの男とともに（だが何も思い出さなかった。ロルはその場所に入ったが、あっさりと出てきて、浜辺で眠った）。

いま、「彼女」は、旅人と「旅」をしなければ、と感じている。その理由を、「狂人」にききに行こうとしている。旅人は彼女を呼びとめて訊ねる。

> ——S. タラというのが、ぼくの名前なのだね？
> ——そうよ——**彼女は説明し、示す**——すべてが、ここではすべてが、S. タラなの。
>
> (A 66 / OCII 1297)

98

すべてが固有の名前を失っている『愛』の世界で、けっして失われない名前——S. タラ。ここのすべては、S. タラ。
「旅」に関する狂人の答え（彼女がもどってきて報告する）——

　　——わたしがここ、S. タラに来たときから、いつもこの「旅」についてについて話していたと、彼は言ってるわ。（A 75 / OCII 1301）

　つまりふたりは、旅人と彼女とは、それぞれに「旅」をせねばと考えていたということだ。男は思い出すために、女は、その無用を（またもや、そして決定的に？）確かめるために…だが、先走りするのはよそう。

> このあと、「彼女」が直接登場しない、ふたつのかなり長いエピソードがある。
> ひとつめは、旅人がひとりでS.タラの町を散策し、一軒の家に立ち寄ったこと。ふたつめは、旅人の妻とふたりの子どもがホテルに旅人を（つまり夫を、父親を）訪ねて来て、また立ち去ったこと。わたしたちは、それぞれ異なる理由で、このふたつのエピソードをさしあたりスキップしよう。ひとつめは、いずれまたそれについてはゆっくり語らねばならないという理由で。もうひとつについては、いま述べたこと以上に特に語らねばならないことがない、という理由で。そしてわたしたちは、妻子を去らせたあとの旅人が、再び浜辺で彼女の傍に坐っているところから物語を追ってゆこう。

　彼女は言う——

　　——あなたも、いまではもう、何もなくなってしまったのね。

III. ロル・V・シュタイン　99

                                                              (A 102 / OCII 1314)

　彼は答えない。砂の上に置かれた彼女の手は、黒く汚れている。S. タラで頻々と火事が起こっているのだ。S. タラでサイレンが響きわたり、町のなかを消防車が走りまわる。どうやら放火であるらしく、警察は彼女を捜している。

　　——**警察があなたを捜している。**
　　——**ええ。**
　　——**あなたを殺すつもりだ。**
　　——**わたしは死ねないのよ。**
　　——**それはそうだ。**　　　　　　　　　　　　(A 104 / OCII 1315)

「わたしは死ぬことが<u>で</u><u>き</u>ない」——彼女は監獄の外の囚われ人、警察はすでに囚われている者を逮<u>捕</u><u>で</u><u>き</u><u>な</u><u>い</u>。すでに死んでいる者を殺すことはできない。それにしても、旅人の即座の反応はどうだろう…　彼は理解しているのだ（何を、どういうふうに？）
　彼女は浜辺のある場所を指し示す。

　　——**あの同じ場所に、何日か前、犬の死骸があったの（…）**
　　嵐のあいだに海がさらって行っちゃったわ。
　　彼女は指すのをやめ、すべてに背を向けて、死<u>ん</u><u>だ</u>犬のなか
　　に戻ってゆく。　　　　　　　　　　　　　(A 104 / OCII 1315)

「彼女」がロル・V・シュタインである証し。もはや名前をもたず、もはや自分を名づけることもない彼女だが…　<u>あ</u><u>の</u> S. タラにあっ

て、みずからロル・V・シュタインと名乗ったときから、ロルはい
くぶんこのS.タラに（すでに）足を踏み入れていたのだ。

　旅人は言う——

　　——ぼくも見た、死んだ犬。
　　——あなたも見たと思っていたわ。　　　　　　（A 105 / OCII 1315）

彼女が言う、くり返して——

　　——もう出かけられるわ（…）あなたも、もう何ももたなく
　　なったのだから。
　　——そうだね、もう何もね。　　　　　　　　　（A 105 / OCII 1316）

何も起こらない3日間が過ぎる。海が荒れ、風が吹き、砂が走る。
それから風が止み、砂が鎮まり、海がおさまる。
　彼女がやってくる。

　　**彼女はやってくる。軽い足どりで、板の道を通って、旅人の
　　ほうへやってくる。旅人は、S.タラの厚みを通り抜けてゆ
　　く彼女の最後の「旅」に同行するために、彼女を待っている。**

　　S.タラ。
　　ふたりは歩いてゆく。ふたりはS.タラのなかを歩いてゆく。
　　彼女は「時」に向き合い、S.タラの壁のあいだをまっすぐ
　　に歩いてゆく。旅人が言う——
　　——18歳（…）それがあなたの年齢だった。

彼女は顔を上げ、眼の前の、石化した風景を眺める。そして言う――
――もう覚えていないわ。
(…) ときどき彼女は、その語を発音する、彼女は呼びかける――
――S. タラ、わたしの S. タラ。
それから下を向いて、
――覚えがないわ (…) 来る必要はなかった (…) ここは別の場所だわ。 （A110-112 / OCII 1318-1319）

旅人も地面に視線を落とし、白い灰を見つめながら、言う――

――何もかも、個人的な出来事とともに、奪われてしまった。
――いつ？――彼女は歩みを緩めた。
――あなたが最初に具合が悪くなって倒れたとき――彼はつけ加える――舞踏会のあと。 （A 112 / OCII 1319）

旅人はジャック・ホルドではない。舞踏会のあとでロルを識った者ではない。18歳のロルとともに舞踏会に行った、最初のS. タラの男であるはずだ。彼は舞踏会の後のロルを見届けることなく、去った男だ。

彼女はすぐには答えない、彼女はほほえむ。
――そうね、そうだと思うわ。 （A 112 / OCII 1319）

ふたりは歩く。彼女は白いドレスを着ている。「狂人」が、今朝、

出発前に彼女を白に装わせ、髪を結い、小さな鏡の入った白いハンドバッグをわたしてやったのだ。この「旅」のために。
　彼女は言う——

　　——舞踏会。
　　——そう——彼はためらう——あのとき、あなたは恋をしていると思われていた。
　　彼女はふり返り、彼にほほえみかける。（A 113 / OCII 1319-1320）

　あの舞踏会、恋人が助けを求めたとき、ロルは彼に向かってほほえんだ。

　　——ええ（…）その後わたしは音楽家と結婚して、子どもをふたり生んだ。（…）その子たちもとられちゃったわ。（…）ご存知？　わたしが二度目に具合が悪くなったあとのことよ。
　　——誰かにきいた？
　　——思い出したの、子どもたちのことを——彼女はつけ加える——あの人のことも。（A 113-114 / OCII 1320）

「あの人」とは誰のことなのだろう？　彼は立ち止まってしまう。きっと、思ったのだろう、「あの人とは誰だ」、と。

　　（…）**彼は話すのに苦労している。彼女はそれに気づかない。**
　　——いま、どこにいるのです、その人は？
　　同じなめらかな口調で彼女は言う——

――死んだの、あの人は死んだわ。
　海の風がS.タラに吹き始める。彼はもう動かない、彼はその風のなかにじっとしている。彼女は彼の傍にいる。彼女はめまいに気づかなかった。彼女は風のなかで気持ち良さそうだ。彼女は言う――
　――S.タラの風だけは、変わらないわ。　　（A 114 / OCII 1320）

　旅人は彼女を強い視線で見つめる。彼女は驚く。そして尋ねる。

　――「旅」なんてないのね？
　――ない。ぼくたちはS.タラにいるんだ。閉じ込められて
　――**彼はつけ加える**――ぼくはあなたを見ている。
（A 115 / OCII 1320）

　彼女が傍に寄ると、旅人は彼女の身体を抱きしめる。それから放す。彼女はされるがまま。
　ふたりは再び歩き始める。砂も、海も、遠ざかる。
　変化が起こる。海からの風が止まり、太陽が大きくなる。暑さが、石からにじみ出てくる。彼女は、彼女の白い祖国にほほえんで言う――

　――じゃあこれがS.タラの夏なのね？　（A 116 / OCII 1321）

　暑さはしだいに強くなる。S.タラの住人たちが、石から、壁から、穴から出てきて、ぞろぞろ後についてくる。彼女の歩みはのろくなる。疲れ始めているのだ。住人たちは無関心にふたりを追い越して

行ってしまう。長いながい街路、果てしないまっすぐな道路。彼女はもうものを言わない。光を避けるため、半分眼を閉じて歩き続ける。何も見ていない。街路のずっと先に姿を現した「歩く男」を見たのは、旅人だけだ。S.タラの砂浜から、ふたりは（知らずに）ずっと彼の後についてきたのだ。彼女は先導者を見ない。手で汗を拭う。足どりは遅くなる。歩き続ける。前へ、進む。止まる。

最初に立ち止まったのは彼女。とつぜん、地面に視線を落として。わかったのだ。海と、S.タラの心臓とのあいだの距離は、子ども時代の足に刻みこまれているから。彼女は眼を上げて、言う──
──見て、こんなものが建ってる。
それは、なんとも言いようのない形をした大きな建物。白墨でできているように見える白さ。出入り口がたくさんあるが、全部閉まっている。木製のよろい戸は、壁にくぎづけになっている。
──ここは以前、広場(プラス)だったわ。（…）広場だったところの上に、こんな建物を建てたのね。 (A 119-120 / OCII 1322-1323)

彼女は旅人のほうを向き、眠らなくては、と言って行きかける。男は彼女を引き止めて、言う──

──ぼくも思い出した。（…）ここは広い場所(プラス)だった。（…）平らな、広い床。壁に囲まれた場所(プラス)だった。壁には、ドアがひとつあった。
ふたりは顔を見合わせる。おたがいに、顔を見合う。

III. ロル・V・シュタイン

——ああ、たぶん、そうね——**彼女はつぶやくように答えた。**

(A 120-121 / OCII 1323)

　彼女の眼は、せわしなく瞬く。限界に来ているのだ。もはや彼を見ていない。とつぜん、足早に歩き始める。

　海——彼女は海を見る。建物を通り過ぎたとたん、道は途切れ、海が現われたのだ。「S.タラの心臓」(『ロル』では「市営カジノ」と呼ばれていた)は、海に面している。不可思議で面妖な地理。板敷きの道がある。そこは浜辺、海と砂と海の水。「S.タラの心臓」、白亜の建物は、浜を睥睨している。

　彼女は砂の上に倒れ、長々と横たわり、もう動かない。

(A 122 / OCII 1324)

　旅人も、彼女の傍に横たわる。

　——眠れって言って。
　——お眠り。
　——ええ——**彼女の口調には希望の響きがある。**
　彼女は砂に触れる。彼が言う——
　——ぼくたち、浜にもどってきたんだ。お眠り。
　——ええ。

(A 123-124 / OCII 1324-1325)

　彼女はもう動かない、眠っている。

　彼は砂をすくい、彼女の身体にかける。彼女が呼吸すると、

**砂は動き、すべり落ちる。彼はまた砂をすくって、同じこと
をくり返す。砂はまた、すべり落ちる。またすくって、かけ
る。彼は、動きを止める。**

　　——愛^{アムール}。　　　　　　　　　　　　　　　　（A 124 / OCII 1325）

ひとつの叫びのように、吐息のように、この語^モが言われる。文^{フレーズ}
（すなわち、愛している^{ジュ・テーム}）ではなく。行為でもなく、感情でもなく、具
体的なものでもなく、誰にも、何にも属さない、ひとつの語。S. タ
ラの風のように、吹きわたってゆく、ひとつの語。
　この語は、聞かれたか？　その響きは届いたのだろうか？

**まぶたが開き、眼は何も見ることなく、何も識別しないまま
再び閉じて、暗闇に帰る。**　　　　　　　　　　（A 125 / OCII 1325）

聞かれた、しかし、理解はされなかった。語を見出すことができ
ずに上げた叫びは聞かれず、語が見つかったとき、すでに遅すぎた。
死んだ語。空しくそれを口に出してみる、T. ビーチの男、旅人。

**彼はもうそこにいない。彼女だけが、日の照りつける砂の上
に横たわっている。腐ってゆきながら。死んだ——思考の
——犬として。彼女の手は、白いバッグの傍で砂に埋もれた
ままだ。**　　　　　　　　　　　　　　　　　　（A 125 / OCII 1325）

旅人は、建物のなかに入ってゆく。死んだ舞踏会の音楽、S. タラ
の讃歌が、とても遠くに聞こえている。制服を着た男が、用向きを

尋ねる。その男はここに 17 年働いていると言う。彼は旅人の求めに応じて、ダンスホールを見せる。いまはもう、舞踏会は行われていないのだが。鏡は曇り、観葉植物が置かれていた台はからっぽ。旅人は、閉まったドアのほうへ行く。よろい戸の隙間から、テラスと砂浜と、眠る彼女が見える。旅人はドアを開けようとするが、くぎづけにされたドアは動かない。制服の男がやってくる。旅人は彼女を示して、知っているかと尋ねる。男は見るふりだけして、知らないと答える（つまり、知っているのだ）。旅人は懇願する。男は彼女の名を尋ねる。旅人は言う——

　　　——わたしはもう、何も覚えていないんです。
　　　男はある名を言う。
　　　旅人は非常に注意して、それを聴く。男が尋ねる——
　　　——この名前の方ですか？
　　　旅人は返事をしない。彼は再び男に頼む——
　　　——その名を、もういちど言ってくれませんか？
　　　——どの名です？
　　　——いま言われたばかりの名です——彼はちょっと黙る——お願いします。
　　　男は少し遠ざかり、はっきりとくり返す、その完全な名前、たったいま思いついたばかりの名前を。
　　　旅人はドアのほうへ行き、それを通り抜けようとするかのように腕を前に伸ばし、それから、あきらめる。腕を曲げ、頭を抱える。すすり泣きがもれる。　　　(A 131 / OCII 1328)

　男はどんな名前を発音したのか。それはロラ・ヴァレリ・シュタ

インだったのか、それとも他の（書かれてあるとおり、その場で適当にでっちあげた）適当な名前だったのか？　確かめるすべはない。確かめる必要もない。ここではみんな、名前はない、S.タラ以外の名前は。ここでは、名づけはもう何の意味ももたず、そしてあらゆる名前が彼女を指し示す——彼女はS.タラ（そして旅人もまたS.タラだと、「旅」の前に彼女は彼に告げたのではなかったか）。彼はまさに、も̇は̇や̇誰̇で̇も̇な̇い̇者̇の̇名̇を告げられて嗚咽するのだ。＊

> ＊ デュラスは最初「**男ははっきりとくり返す——ロラ・ヴァレリ・シュタイン、と**」と書いていたが、手書きで、決定稿のように書きなおした、とプレイヤッド版の註にある。それを言う必要はない、と、やはり判断したのだろう。

旅人は外に出る。

彼女はあいかわらず、日の当たる場所で横になっている。眼は開けていて、旅人がやってくるのを見ている。

　　——**ああ、もどってらしたのね。（…）もう行ってしまったのかと思った。**　　　　　　　　　　　　　　　（A 133 / OCII 1329）

波打ち際では、あの男がまた、歩いている。旅人が彼女の傍に腰を下ろすと、彼女は強いまなざしで彼を見て、たずねる——

　　——**どこに行っていたの**——彼女はくり返して言う——**どこを歩いていたの？**
　　——**あなたが眠っていたから、そっとしておいてあげたかったんだ。**

III.　ロル・V・シュタイン

――そうじゃないわ。　　　　　　　　　　　　（A 133-134 / OCII 1329)

　彼は歩く男だけを見つめている。彼女は言う――

　　――あなたは泣きに行ったのよ、たずねに行ったのよ。
　　(…)
　　――壁に囲まれた場所(プラス)を探していたんだ。
　答えるのに、長い、間(ま)。やっと、彼女はまた口を開く。
　　――見つかった？――声は低い。
　　――見つかった。ドアもあった。ぼくたちはそこを通って出
　て行ったんだ――彼はつけ加える――別々に。

　　　　　　　　　　　　　　　　　　　　　　　　（A 134 / OCII 1330)

「ぼくたち」と言うとき、彼は、あ(・)の(・)時(・)いっしょに出て行った女性
ではなく、いま、目の前にいる彼女のことを考えている。あの時認
識しなかったはずの事実の記憶――それは、個人的な出来事がすべ
て無に帰したあとのS.タラで、与えられた。遅すぎた、が、この
ようでしかありえなかった…

　　ふたりは黙る。　　　　　　　　　　　　　　（A 135 / OCII 1330)

　彼女はとつぜん、確信をもって、やさしく言う――

　　――この町、S.タラを、わたしはもう知らないわ。一度も
　ここにもどったことはないのよ。
　ことばが響き、消える。

ふたりは砂浜を見つめる。
夜が来る。 （A 137 / OCII 1331）

「歩く男」は、浜辺を歩いていない。彼は、S. タラの町のほうへ登ってゆき、その厚みのなかに姿を消す。彼女が言う――

　　――**今夜、彼はもどってくるわ**――**彼女はつけ加える**――**今夜、彼は S. タラの心臓に火をつけるはずよ。**
 （A 138 / OCII 1331）

ふたりは砂浜に横たわる。ふたりは待つ。
最初の黒い煙が S. タラの澄んだ空に上がると、彼女はつぶやく――

　　――**S. タラ、わたしの S. タラ**。（A 139 / OCII 1332）

　彼は彼女の頭を自分の胸のなかに抱く。最初のサイレンが鳴ったとき、彼女はそれを聞かない。炎が上がり、空が焦げる。S. タラのすべてのサイレンが鳴りわたる。彼女は身を起こし、サイレンを聞き、赤い空を見、自分がどこにいるのかわからない。彼が言う――

　　――部屋のなかは暑かったから、浜に下りてきたんじゃないか。
　彼女は思い出す。再び眼を閉じる。
　　――**そうだったわね。**
　彼女はまた、彼の腕のくぼみにもどり、その胸に顔をおしつ

　　　　ける。　　　　　　　　　　　　　　　　　　（A 140 / OCII 1332）

誰かが、火の厚みのなかから出てきて、砂浜をやってくる。

　　彼の後ろで、S. タラが燃えている。
　　彼はもどってくる。彼は来る。
　　彼はそこにいる。
　　（…）
　　彼は、空を、海を眺める。
　　それから、旅人の腕のなかで眠っている彼女を。

　　　　　　　　　　　　　　　　　　　　　（A 140-141 / OCII 1333）

「彼」は何をしたのか？「S. タラの心臓」に火を放った。つまり、ダンスホールのある市営カジノの建物に。そしてS. タラの町全体を焼いた。彼女が「ロル・V・シュタイン」となったその場を。
　S. タラは焼かれた。
「彼女」の記憶は焼き払われた。しかし、それはもうすでにとっくに灰になっていたのではなかったか？「彼女」がここにやって来て、「歩く男」の後について動くようになった、その最初のときに、もうすでに？…
「旅人」がやって来たために、そのことが目に見える形になったのだ。

　　物語、それが始まる。じつは、波打ち際の歩行（…）の前に、
　　それは始まっていたのだ。しかしそれがいま、目に見える形
　　になった。
　　　　　　　　　　　　　　　　　　　　　　（A 13 / OCII 1272）

「旅人」がもういちどS.タラにやって来ることを、S.タラに帰ってくることを、「歩く男」も、「彼女」も、予期していなかっただろう。彼が来なければ、彼らはそのまま、S.タラの浜辺で非時間的な歩行を続け、何も思い出すことなく、次第に風化して、砂と、風と、海に一体化していっただろう。つまり、物語は目に見えぬまま、語られることなく、消えていっただろう。ロル・V・シュタインのほうは、麦畑のなかに横たわったまま、本のなかに閉じ込められてしまうことになっただろう。

　デュラス（彼女を物語の作者と呼んでいいのだろうか？「物語はわたしのところへやって来て、わたしのなかを通り過ぎてゆくだけ」と言う彼女を？）が、「旅人」の出現に最初に、そして最も驚いた人であったはずだ。

　この小さな本を終えるにあたって、デュラスは、「彼女」を先導し、「彼女」を装わせ、旅に送り出し、眠る「彼女」を見守る「狂人」に語らせることがもうできなかった。旅人の問いに対する答えは、聞こえてくる、あたかも天からの声のように。そしてその内容は、不可解である。

　　――曙光が射してきたら、何が起こるんです？
　　声が聞こえる――
　　――少しのあいだ、彼女は何も見えないでいます。それからまたわたしが見え始めます。海から砂を見分け、光から海を、さらにわたしの身体から自分の身体を見分け始めます。その後、夜から寒さを分離して、それをわたしにわたすでしょう。そうしてやっと、あの音を聴くようになるのです、おわかりですね…？　…神の音、ですか？…あれは…？

III. ロル・V・シュタイン　　113

彼らは黙る。しだいに明るさを増す、外部の曙を注視する。

（A 143 / OCII 1334）

　デュラスが「錯乱のうちに書き終えた」と後に語るこの最終ページの不可解さは、作者自身にとってさえもそうであったのではないかと思われる。物語の到来に対する驚きから醒める暇のないまま、猛烈なスピードで書き、筆を擱いてはじめて、いったい世界をどうしようとしたのだったかと自問するようであったのではないか。すでに在る世界を語るのではなく、語ることで世界が現出する。物語を語らせる何かを指して「神」という語を用いるのか、ドナデュー（「神に捧げる」に通じる）の名前を嫌い、自らデュラスと名乗った無神論者は…

　さらに、書き終えた物語に囚われる恐怖——物語の陥穽に落ちこんで、そこからどうやってもとの世界、現実の世界にもどればいいのか、わからなくなるとデュラスは言った。
　映像化は、この恐怖から逃れる手段であった。
　つまり、再び物語を——それから逃れるために——たどりなおすのである。なにが起こるのか、このときまだデュラスは予想できなかった。

3

　抽象的な『愛』の世界を映画として提示しようとしたとき、具体

的な場所と時間と人間が必要となった。文字で書かれた物語を、そのままの形でスクリーンにのせることは、当然のことながら不可能であった（だからこそ、孤独な作業ではない映画を、陥穽から逃れる手段として考えもしたのだ）。そこで物語には、微妙な、あるいは思いもかけない大きな、改変が加えられた。

　場所は、ここを措いてほかにはなかった——本も、この場所を念頭に置いて書かれた——すなわち、トゥルーヴィルの海岸と、オテル・デ・ロッシュ・ノワール。
「限定されない季節」であった時間、「夏のS.タラ」に変貌する「旅」の場面などは、撮影の時期が11月であったことで、冬のS.タラとなった。海も冬の海。空も。光も。
　そして登場人物には大きな変化が見られた。『愛』においていっさい名指されることのなかった「彼女」は、最初からLVSという——まるでユダヤ人たちがゲットーで腕に捺された識別記号のような——イニシャルが、登録名として台本に示される。しかしこの若い女性はもはや、ロル・V・シュタインでもなければ「彼女」でもない。『愛』のなかで、「彼女」は語り、忘れていたことを思い出し、また、記憶していたものを忘れた（と、「彼女」は自分で「旅人」にそう語った）。『ガンジスの女』で、彼女はもうことばをもたない。思い出すこともない。

> （錯覚しないようにしよう——いまわたしたちは、ガンジスの畔にいる女乞食の話をしているのではない、S.タラの浜辺にいる若い女のことを話しているのだ）

　そのかわり（かわり、と言っていいのだろうか？）語り、思い出す役

III. ロル・V・シュタイン

をになう、もうひとりの女が登場する。黒衣の女である。この女性が「彼女」に代わって旅人とことばを交わす。そのために、『愛』の映画化であるとふつう言われている〈ガンジスの女〉は、本とはまったく別の作品になっているのである。黒衣の女は、映像作品と、完成された（多くの部分がおそらく映像作品の後でつけ加えられた）テクストにおいて、はっきりと、ここ (S. タラ) とかしこ (ガンジス / カルカッタ) とを結ぶ役割をすることになる。だが、彼女について語るのはもう少し後だ。

　ロルはこうして、三つの作品のなかで次第に変貌して、S. タラの砂のなかに、風のなかに、海のなかに、普遍的記憶のなかにまぎれこんでゆく。

　　　——昨日の朝、着いたのですね。
　　　——そうです。　　　　　　　　　　　　（FG 117/ OCII 1443)

　　　——ここに来るのは初めてではありませんね。
　　　——つまり…　わたしは思い出そうと　…そう　…思い出そうとして…
　　　——何をです？
　　　——　…すべてを　…全体を…　　　　（FG 118 / OCII 1444)

　——ここはどこです？
　——ここは川までS. タラ。
　——そして、川の向こうは？
　——川の向こうも、またS. タラ。　　　　（FG 120 / OCII 1446)

―― なぜS.タラに来たのです？
――「旅」をしようと。　　　　　　　　（FG 140 / OCII 1463）

―― 手が黒くなっている。
―― 火事のせいよ。
―― あなたがたを捜していますよ。
―― ええ。
―― 殺されますよ。
―― わたしたちは死ねないのよ。
―― そうでしたね。　　　　　　　（FG 175 / OCII 1492-1493）

――　…あなたにも、もう何もないのね。
―― 何もありません。
―― あなたは死ぬためにここにきたのね…？（…）それから彼女がまだここにいるとわかった。（…）
でもあなたはきっと、彼女がまだここにいることを知ってたんだわ…（…）
―― そうです。　　　　　　　　　　（FG 176 / OCII 1493）

　これらの会話はすべて、『愛』のなかでは、旅人が「彼女」と（または「狂人」と）交わしたものだが、『ガンジスの女』では黒衣の女性との会話に置き換えられている（いっさいことばを発しない「彼女」だけでなく、「狂人」も、この作品においてはいくらかのくりかえしとごくわずかな発言を除いてはせりふがない）。黒衣の女性は、いわばこの世界（S.タラ）の意識や記憶やことばのすべてを引き受ける存在としてそこに

III．ロル・V・シュタイン　　117

いるのである。彼女の居場所はホテル。ホテルのなかに一室をもっている――マルグリット・デュラスのように。

黒衣の女は、彼女の仲間たち（LVS、狂人、そしてもうひとり、これもまったくしゃべらない若い男）を指して言う――

> **黒衣の女**―わたしはまだ、ホテルに部屋をもっています。彼らは部屋をもうもっていません。もう、何ももっていない。
> **旅人**―記憶をなくしたんですね…
> **女**―ええ。
> **旅人**―すべての記憶を？
> **女**―（…）わたしたちの記憶はまだそこにあるわ。
> *女はおおまかなしぐさで地面を指す*――*そのあたりに。*
> …わたしたちの記憶は外にあるのよ、いまでは、拡散して… 焼かれて…　　（FG 178 -179 / OCII 1494-1495）

この会話は、旅人と「狂人」が『愛』のなかで「彼女」の記憶について交わしたものだった。『ガンジスの女』では、個人的記憶は普遍的記憶へと拡散する。

そしてこれらの会話が行われている傍らで、LVS は、旅人と眼を合わせることもなく地面を見つめ、あるいは漫然と視線をさまよわせながら、坐りこんでいる。彼女が動くのは、おぼつかない足取りで「狂人」の後を追って歩くときのみである。もはや自らの意思をもたない彼女の姿。

ところが、LVS がただひとり、旅人のいるホテルにやってくる印

象的な場面がある。

　夜の S. タラ。ホテルの中庭。回転ドア。ホテルのホール。彼女は回転ドアを抜けてホールに入る。彼女が入ってくると同時に聞こえ出す S. タラの讃歌。暗いホールのソファには誰かが坐っている——旅人である。顔を両手のなかに埋めている。絶対的絶望のポーズ。テクストはこう語る。

> **彼は回転ドアが回る音を聞き、誰かが入ってくる音を聞いた。それが彼女だとわかっているはずである。彼は動かない。それは、ふたりの逢引き——ロラ・ヴァレリ・シュタインとマイケル・リチャードソンの。当人たちの知らない逢引き。彼女は毎日、「毎回、ホテルのより近くまで」来ていた。なぜなのか、理由もわからぬまま。今夜、なかに入ったのだ。彼がそこにいた。知られていなかった逢引きのために。**

(FG 161 / OCII 1481)

　いまとなっては遅すぎた、もとの恋人たちの逢引き。ふたりに（とりわけロルに）返されるフルネーム。しかしフィルムのなかにいるふたりはそれを知らない。映画を見ている観客も、そのことを知らない。観客が見るのは、もはやその名で呼ばれることのない若い女。彼女はホテルに入り、ロビーの安楽椅子に身体を埋めている旅人の傍に寄る。彼を見る。旅人は顔を上げ、彼女を見る。ふたりは見つめあう。だがそれは一瞬のこと。彼女はそのまま旅人の前を通り過ぎ、無表情に柱にもたれかかる。再び顔を腕のなかに埋める旅人。大きな音で演奏される S. タラの歌。

「狂人」が入ってきて、ふたり（「狂人」と LVS）はいっしょに、苦

III. ロル・V・シュタイン　119

しんでいる（らしい）旅人を長いあいだ見つめる。わけがわからないまま。それから、出て行く。

　　　（じつはこの無言の逢引きを、どこにいるのか判然としない黒衣の女が見ている。涙を流しながら。―だが、この女性について、その涙については、あらためて話すことにしよう。

　　　さらにこのあと、旅人の妻と子どもたちがホテルに旅人を訪ねる場面があるが、わたしたちは前回（『愛』）と同じ理由でそれについて語るのはやめて、前回同様、最後の「旅」の場面へと移る）

『愛』において、「旅」は旅人と「彼女」、ふたりにとって大きな懸案事項であった。ふたりは、なぜか理由はわからないままに、こもごもそれについて語り、その必要を認め、合意のうえで出発した。今回、「旅」についてひと言だけ（それも黒衣の女にむかって）語るのは旅人のみであり、LVS の意思は示されない。

　LVS は、浜辺にひとりで坐っている。旅人が傍を通り過ぎる（黙ったまま、彼女を見ることなく）。彼女はゆっくりと立ち上がり、いつも「狂人」の後を追っていたように、旅人の後を追い始める。歩くふたりを「狂人」が見ている。

「旅」が始まる。旅人の向かう先は、S. タラのカジノ。もちろん会話はない。LVS はただ旅人のあとに従うだけである。目的地の近くまで来て、LVS は姿を消す。旅人は中に入る。LVS は再び現われ、建物の外から、大きな窓を通して中を窺う。

　カジノのホールには、三つ揃いを着た男。旅人とのあいだでのやりとりは、次のようである――

男

　何かお探しですか？

旅人は聞いていない。あいかわらず男をじっと見ている。S.タラの舞踏会の折に見かけた記憶があるのだろう。

　　　　　　　　　　旅人

　ここは長いのですか？

　　　　　　　　　　男

　17年になります。*(間)* なぜですか？

旅人は答えず、男をじっと見ている。

　　　　　　　　　　男 *(間)*

　どなたかをお探しで？

旅人は質問には答えず、男の後方、廊下の奥のほうを見ている。

　　　　　　　　　　旅人 *(間)*

　見ていたのです。*(間)* ラ・ポティニエールはあっちですか？

（FG 185 / OCII 1500-1501）

　男は旅人を、シーズンオフでいまは閉めているダンスホールに案内する。ひと気のない、だだっ広い部屋。暗い沼に浮かぶ蓮の葉のような、たくさんの白いテーブルや椅子。浜辺に面した側に、いくつかの大きなガラス窓。そのガラスを通して、LVS の姿が見える。彼女は、建物の外側を廻ってそこにやってきたのだ。外からダンスホールの中を覗きこむ LVS。

　旅人は男に訊ねる——

III. ロル・V・シュタイン

　　　　　　　　　旅人

　彼女に見覚えは？
　長い間のあと、やっと男が答える。
　　　　　　　　　男

　ここからではちょっと…　申し訳ありません…　わかりません。
　　　　　　　　　　　　　　　　　　（FG 187 / OCII 1502）

　旅人はホールを横切って、ガラス戸の傍に寄る。LVSとガラス戸一枚を隔てて向かい合う。LVSは旅人を見ているようだ。その視線は、静かでやさしい。旅人は、再び男に訊ねる——

　　　　　　　　　旅人 *(再度)*

　彼女が誰かわかりますか？
　　　　　　　男は答えない。
　　　　　　　旅人は、あたりの椅子に斜に腰を下ろす、
　　　　　　　彼女と向き合って。
　　　　　　　　　旅人 *(間)*

　よく見てください。

　　　　　　　沈黙。
　　　　　　　男が、やっと答える——
　　　　　　　　　男 *(間)*

　誰もおりませんよ。
　旅人は、両手のなかに顔を埋める。その姿勢のまま、椅子の背にもたれてじっとしている。ガラス戸のむこうには穏やかな表情のLVS。

　　　　　　　　　旅人

いまなんと言いました？

> *男はくり返す。*
> **男**
> ロラ・ヴァレリ・シュタイン嬢、と。
> 長い間。それから男は、そっとつけ加える――
> **男**
> シュタイン嬢は10年ほど前に亡くなっています、わたくしの見まちがいでしょう。
>
> **沈黙。**
> 旅人は動かない。（…）旅人は頭を上げ、立ち上がり、あいかわらずガラス戸のむこうにいるLVSには視線をやらず、出て行く。（…）LVSだけが、わたしたち（観客）のほうを見たまま、そこに残る。
> (FG 187-188 / OCII 1502-1503)

　再び外、浜辺、海。波打ち際を歩く「狂人」。

〈ガンジスの女〉の終わりは、黒衣の女と旅人の会話である。LVSもそこにいるが、会話には無関心に、もの言わぬもうひとりの若い男にもたれかかっている。彼らは「狂人」を待っているのだ。「狂人」が姿を現わすと、彼を指して、旅人は黒衣の女に訊く――

> **旅人**（*LVSのほうにふりむいて*）
> 彼女…　彼女は、まだ彼のことはわかるのですか？
> **女**

III.　ロル・V・シュタイン　　123

ええ。ごぞんじでしょう？　彼女は、彼がいないととても不安になるのよ…（…）彼は、はじめから気がふれてる。(間)　でも彼女は…違う…と思うわ…
旅人 (間)
ここの人たちの前に…　昔のことですが…　彼女は他の男たちを知っていましたよね？
女 (ふりむいて、微笑む)
誰にきいたんです？　…そう…
（…）(声のみ)　ここ…　S.タラで…　舞踏会が…　いえ、他の場所だったわ…　昔のことよ…
沈黙。
旅人 (長い間、声のみ)
彼女は18歳だった。
女 (声のみ)
あら…　　　　　　　　　　　　　　　(FG 191-192 / OCII 1506)

　沈黙ののち、旅人がひとつの名前を言う。つまり、彼女が昔知っていたはずの名前——

旅人
マイケル・リチャードソン。
女は思い出さない。「狂人」に視線を送ったまま、うわのそらでたずねる——
女
ここ、S.タラで？
旅人

ええ。　　　　　　　　　　　　（FG 192 / OCII 1507）

　女はあいかわらず、「狂人」の動きのみに注目しながら、口のなかでその名をくり返してみる。

女
マイ・ケル・リ・チャード・ソン…
旅人 (間)
ええ。(間) もうふたりとも死んでしまいましたがね。
女
あら…？
旅人 (間。はっきりと)
そうなんです。　　　　　　　　　（FG 193 / OCII 1507）

　ロラ・ヴァレリ・シュタインとマイケル・リチャードソンの名がはっきりと言われ、次いでそのふたりの死が言われた。「旅」を終えた旅人は、彼もまた、いまはS.タラの住人。死の国の──。
　S.タラの歌が聞こえてくる。彼らは黙ってそれを聴く。
　S.タラの歌はしだいにかすかになる。消えてゆく。

「声」たちがやってきたのは、「映像のフィルム」の編集が完成した、その夜だった、とデュラスは語っている。
「声」たちとは何か？　『ガンジスの女』のテクスト冒頭に、「声のフィルム」についての注意書きがある。

　　「声」たち──もうひとつのフィルム。**女性たちの声。**

III.　ロル・V・シュタイン

とても若く、とてもよく似た、ふたつの声。ひとつは焼かれ、ひとつはまだ生きている。(…)「声」たちは欲望によって結ばれている。おたがいに欲望を抱いている。「声」たちは、つながりのない、偶発的で気違いじみた知識の病に冒されて、とても長いあいださまよったあげく、やっとこのあたりに落ち着いたのだ。長いあいだ、死と、物語を待っていた。あらゆる死、あらゆる物語を。準備はできている。燃える火のなかで水のように冷たいままであり、映像(イマージュ)にぶつかり、映像を浸し、洗い、呼吸し、その潮とヨードの匂いを取り込む。もとに戻す。眺める。見る。忘れる。思い出す。生成する。絶え間なく生成する。(…)

映像のほうへやってきては、白い領域のほうへと戻ってゆき、そこに溶け込んで死ぬ。あとかたもなく。絶え間なく。女たちの声。通り抜け、周囲をめぐり、フィルムのなかを流れ、フィルムと合体し、フィルムを自らの肉体のなかに溺れさせ、それを覆い、そのために死ぬ。 (FG 105 / OCII 1433)

　別の場所でデュラスは、「声」たちは18歳で、白い服を着ている、と語る。ホテルの最上階に住んでいる、とも。もちろん「声」たちの姿は見えないのだが。

　18歳のまま、年をとらないロル・V・シュタイン。舞踏会で置き去りにされたときのまま。

　それはまた、

18歳でわたしは年老いた　　　　　　　　　　(Amant 10 / OCIII 1455)

と語るデュラス自身でもある。

「声」たちは、「帰ってきた」旅人と、もの言わぬ LVS の姿を見ながら、不確かな、切れ切れの、しかし部分的にはとても鮮明な記憶をたがいに紡ぎ合わせながら語ってゆく。ふたりの出会いを、舞踏会を。その記憶は、ここ S. タラだけにとどまらず、かしこ、インドの、ガンジスの記憶と混じりあっている。LVS が知るはずのない記憶。たとえばこんなふうに──

声 2

彼女はあの舞踏会に遅れてやってきた… 夜中になってから…

声 1

もうひとりの女…？

声 2

そう。
黒いドレスで…
すでに、かなりの年齢(とし)だった。美しくなく、やせていた。*(間)* 憶えている？

声 1

かすかに… ほんのかすかに…

声 2

彼女はインドから来たの… 大使館から… 彼女は来た…
舞踏会を通り抜けた… 心ここにない様子で…
(間) わかって？

III．ロル・V・シュタイン

> 声1 *(低く叫ぶ)*
>
> ああ、そう… そうだったわ… 思い出した… 彼女の後ろには、ガンジス河が…？ そして女の乞食たち…？ 彼女のまわりには… あの空間… そして飢え…？ *(沈黙)*

(FG 122–123 / OCII 1448-1449)

「かしこ」をまじえて、死んだ舞踏会を再構成してゆく「声」たちの会話の合間に、デュラスは、映像のフィルムのためのト書きではない、新たなテクストを、細字で埋め込んでゆく。

> ここはどこ？ かしこのガンジス河のデルタの税関が、ここ、S.タラに迷いこんだのか？ 閉ざされた白い別荘、カルカッタのイギリス人居留地の邸宅がここに？ (…)
> そう、かしこが地すべりを起こした。かしこはここにある。わたしたちは、愛の、空白になった場所に入りこんだのだ。彼はインドまで、もうひとりの女に従って行った。愛が身体を得たのは、かしこ、インドにおいてだった。かしこでは、不倫の手本のような愛。モンスーンの空の下、大使夫人の部屋という檻のなかで達成された愛。大使館の庭は、ガンジスに面している。周囲には、病(レプラ)。フランス副領事のすすり泣きが聞こえる。

(FG 124 / OCII 1449)

しかし、フィルムの上には何も映し出されない。S.タラの海岸の、砂と海、空、黒い要塞（ホテル）のほかは。歩く旅人と狂人たちのほかは。…それと、黒衣の女のほかは。

「声」のひとりがこんなふうに言う――

声 1

（…）ときどき、自分が知らなかったことを思い出すような気がするわ。

(FG 128 / 1453)

　普遍的記憶。黒衣の女が言った「わたしたちの」記憶、「外に、そこ（砂の中）にある」記憶。人格の境が溶ける。精神の働きが混じりあう。あちらとこちらの、死と生の、境界があいまいになる。
　もうひとつの「声」も言う――

声 2

わたしのところにも、ときどき、他の記憶がやってくる…

(FG 129 / OCII 1453)

「声」たちは、映像のフィルムを見ながら話している。画面には旅人の姿がある。彼はホテルのホールから、じっと浜辺の一点を眺めている。長いあいだ眺めている。ずっと先のほうを、S. タラの住人たちが通ってゆく。

声 1

彼は、彼女をまだ愛していたのよ…

声 2

…他の女、他の愛を通してね。

（…）

昔、他の名前があった…

他の場所が…

昔は、川までS.タラだったわ…

いまでは、川のむこうもS.タラ…

(FG 130-131 / OCII 1455)

「声」たちは、不確かな記憶を補いあいながら話し続ける。ドイツふうの名前をもつ女… 黒髪の下は裸で… 医師と結婚した。それから、S.タラの若い女も… 結婚して子どもをもうけ… 二度目よ… あるカップルについてゆき… そう、ライ麦畑のなかで救急車に… 昔よ… 他の場所… S.タラは他の名前だった…

会話は、わたしたち自身の読書の記憶を呼び起こしながら、断片的に続く。しかしそれは、一冊の本の限界を超えてゆく。

声2

あなたはなんて美しいの… 白い服を着て… なんという驚き…

声1

ガンジスの女(ひと)のところに行こうと思って…

(FG 143 / OCII 1466)

ロルはあの夏、白い服を着ていた。舞踏会のあった夏——

ロルはS.タラに帰ってきて昔の親友タチアナの邸を訪れるとき、白いドレスに身を包んだ。

「ガンジスの女(ひと)」とは、誰？

映像のフィルムが、LVSの姿、ただひとりやってきて、ホテルの

なかに入る彼女の姿を映しているときも、「声」たちは話し続ける。

声1

誰かが叫んでいるわ。遠くで。

声2

どこ？

声1

ガンジス河のほう…

声2

女ね…？

声1

ええ…　歩いているわ…　モンスーンの暑さのなかを、歩いてゆく…　歩いてゆく…

声2

何を叫んでいるの？

声1

脈絡のないことば…　笑っているわ… (FG 159 / 1479)

女乞食の笑い。「かしこ(ガンジス)」での笑い声が「ここ(S・タラ)」で聴かれている。

ホールに坐っている旅人と、無言の逢瀬を果たすLVS、それを見ながら涙にくれる黒衣の女。この場面で、「声」たち──

声1

彼女はふたりを行かせてしまったの…？　何も言わなかったの…？

III．ロル・V・シュタイン

声2

何も。

声1

舞踏会の終わりに彼女は叫んだ、それは確かよ…何を叫んだの？

声2

ふたりについてゆきたい、と、ふたりをずっと*見ている*ために。

声1

…ふたりを見ているため…

声2

ええ。*愛を見たい*、と。

声1

ふたりは彼女が叫んだのを聞かなかったのね。

声2

そう。 （FG 163-164 / 1483）

旅人の最後の「旅」、市営カジノへの「旅」が始まったところで、「声」のフィルムの終わりがやってくる。旅人に従ってゆく、物言わぬLVSの姿を追いながらの会話は次のように終わる――

声2

あなたは若い、愛しているわ、こんなに… *（答えなし）*

（懇願するように） 世界中の何よりも、あなたを愛している。

答えはない。長い沈黙のあとで、やっと低い声で——

声1
もし、わたしがそうしてと頼んだら、あなた、わたしを殺してくれる？

またもや長い沈黙、そして承諾の返事。

声2
いいわ。　　　　　　　　　　　　（FG 182 / OCII 1498-1499)

このやりとりは、部屋でじっと立って・そ・れ・を・聴・い・て・い・る黒衣の女の映像に重ねてなされる。デュラスは、この瞬間はじめて**映像のフィルムと「声」のフィルムの接触**があったと語る。つまり、映像のフィルムのなかの人物が「声」たちを聴いた。それは同時に、「声」のフィルムの死を意味した。声1の要請が肯(うべな)われ、実行されたのだ。すでに・焼・か・れ・た「声1」は、欲望の僕(しもべ)となった「声2」によってもういちど死ぬ。完璧な抹殺。愛、記憶、ことばの、消去。
『ガンジスの女』の、映像のフィルムのト書きで・は・な・い、細字のテクストは、こう書かれている——

以前にLVSが拒絶された場所で、焼かれた声は死んだ。
彼女とともに、動かない星の形をしていた舞踏会、S.タラの舞踏会が死ぬ。欲望の項のあいだに固定されていた距離が破壊される。ひとつの項が消えたのだ。LVSは、焼かれた

声として死ぬ。ことは終わらねばならなかったのだ。

(FG 184 / OCII 1500)

　マルグリット・デュラスが彼女の「最もいとしい狂女」に引導をわたすのは、このようにしてである。『愛』ですでに、S.タラの深部の住人、もう「死ねない」住人となっていた「彼女」に、LVSという記号としての名を返すかわりに、ことばも記憶も奪い、映像のフィルムにその意思を喪った姿を焼き付けた。ところが彼女は、思いがけなくも18歳の姿で（デュラスの閉じた眼のなかにのみ）甦り、鳥のようにフィルムに飛来し、自らの記憶、他者の記憶をまじえて「声」として語り始めた。

　映像化は逃れるための手段ではありえなかった。予期せぬことが次々と起こり、テクストはまた、死に物狂いでその生起を追い…。しかし、「ことは終わらねばならなかった」がゆえに、デュラスは「声1」に『モデラート・カンタービレ』の死を与えた——すなわち、愛＝欲望の（デュラスによれば）最高の形での、成就＊。

> ＊だが「声」たちはまた、不死鳥のように次のフィルムに飛来するだろう。ここでは語られなかった、少なくともその断片しか語られなかった、ガンジスの夜、カルカッタのフランス大使館でのレセプションについて語るだろう。女乞食、副領事について、アンヌ＝マリ・ストレッテル、マイケル・リチャードソンについて、そして最初の舞踏会についても。

　映像のフィルムも最終盤に入る。LVS は二度の死を死んでいるのに、まだ歩き続けている。旅人のあとについて。何もわからないま

ま、狂人のあとを追うのとまったく同様に。

> **希望の根そのものが冒されてしまっている。彼女はもう、けっして愛することはできない。** (FG 184 / OCII 1500)

カジノへの「旅」は、そのことを確かめるだけのものとなる。

さらに映像は、「旅」から帰った旅人が、自らS.タラの住人になったことを黒衣の女に告げるところまで続く。最後までS.タラの歌に反応を示すのは、黒衣の女である。

わたしたちはこれから、この女性について語らねばならない。

IV.　黒衣の女

視線：
砂の空間への旅人の侵入を、いくつかの視線が追う。旅人の到着は見られていた。視線によって彼の到着が見届けられていたのだ。
女の視線。黒い衣装(アビエ・ド・ノワール)。非常に鋭い視線。
男の視線。金髪、明るい眼の色。何の判断基準ももたず、なにものも介在させることなく、見る、全き視線。
ふたり目の女の、何も見ない視線。視線は地面に落されている。彼女は旅人の到着を見なかった。(FG 108 / OCII 1436)

『ガンジスの女』の冒頭、旅人がS.タラの浜に建つホテルにやって来る。

『愛』の冒頭では、旅人が到着する浜辺にはふたりの人間がいた。「狂人」と「彼女」。『ガンジスの女』ではそれが4人になっている。女がふたり、男がふたり。映画の撮影にあたり、「狂人」役を決める際の事情から、S.タラのもの言わぬ住人のひとりとしてキャストに加わることになった若い男は別として、『愛』には（少なくともこの浜には）いなかった——そしてふたつの作品の性格をまったく異なるものにしてしまうことになった——「黒衣の女」。この女はいったい誰なのか、どこからきたのか。

M・D－（…）あの女、あの黒い服を着た女は、『愛』には登場しなかったかしらね、もう思い出せないわ。
　　X・G－『愛』に出てくる女はひとりだけです。それがすでに、〔『ガンジスの女』と〕違うところですね。（Parl 68 / OCIII 47）

　71年に書かれた『愛』を核として映画〈ガンジスの女〉を構想し、スクリプトを書き、撮影し、それをテクストとして仕上げ、さらに、おそらくはその前にすでに着手していたと思われる、もうひとつ別の作品（のちに『インディア・ソング』となる）を書き進めていた時期（73年前半）に行われた、グザヴィエール・ゴーチエ（X・G）との対談（『話す女たち』のタイトルでのちに出版）のこのくだりは、書き手デュラス（M・D）と、この（これらの）物語の特性を非常によくあらわしていはしないか。書き手は、自分が書いた物語について読み手に訊ねており、読み手のほうが自信をもって答えている。この同じ問答が、日をおいておこなわれた対談の別の回にもう一度むし返される。

　　M・D－（…）『愛』にあの女が出てきたかどうか、――たしかあなたに――訊ねたわね？
　　X・G－ええ、わたしに訊ねました。
　　M・D－で、彼女は出てきたの、出てこないの？　わたしはすぐに言えないのよ、いたのかいなかったのか。いないんだっけ？
　　X・G－黒衣の女ですね？
　　M・D－そう。
　　X・G－ええと、どう答えたらいいか、つまりあの黒衣の女というのは、『愛』の「彼女」でもあるんですか？

M・D－ああ、『愛』の「彼女」、あれはロル・V・シュタインよ。
　X・G－ええ、でも彼女は…？
　M・D－だって『愛』にはふたり女が出てこない？
　X・G－いいえ、ひとりだけです。(Parl 199 / OCIII 138-139)

　録音された対談はあとで文字に起こされて印刷され、本になって出版されるというのに、このふたりの女性──ひとりは書き手、もうひとりは読み手──は、どちらも問題の一冊の小さな本をもう一度開いてみようとはせず、再読してみればすぐに解ける（すぐに解けるだろうか？）この謎を、そのままにしてしまった。しかし2度繰り返して交わされるこの会話は、デュラスが黒衣の女の来歴についてこだわっていること、しかも自分が創り出した物語（登場人物）でありながら、彼女がそれを明確な意思で創作したのではないことをうかがわせる。物語はむこうからやって来て、彼女のなかを通り抜けて行ったのだ。しかもどうやら、物語はそれ自身、時々刻々変化しているらしくもある。以前に書いた物語の記憶は──ちょうど「声」たちの記憶のように──ぼやけて、切れ切れになってゆく。しかしまたその記憶は、執拗に、深いところに残りもするのだ。おそらく『ガンジスの女』を、さらに『インディア・ソング』を書き続けてゆくデュラスが、もう読み返さないのだろう『愛』に、わたしたちはもう一度戻ってみなければならない。それは前章でスキップした場面である。

　『愛』の後半に、旅人が浜辺を離れ、背後の町を歩いていて、一軒の家の前を通りかかる場面がある。窓は開いていて、中から婦人の

笑い声が聞こえる。旅人は、はじめは通り過ぎたその家の門のベルを、二度目に通りかかったときに鳴らす。何かが彼の注意を惹いたのだ。鉄格子の門、庭園、道路から見える広いテラス──『ロル・V・シュタインの喪心』の物語を読んだわたしたちには見覚えのある家である。ロルが、10年の不在のあとS.タラに戻ってきたロルが、ある夏の日に訪れたタチアナ・カルルの家。しかし、舞踏会の夜にロルを置き去りにして立ち去ってから、S.タラには戻らなかった旅人が、この家を見覚えているはずはないのだが…（記憶は失われ、ばら撒かれ、そして一般的なものとなり、共有される。このS.タラでは、記憶は外にある。しばしば、自分の体験していない記憶がやってくる…）

呼び鈴に応えて鉄格子の門扉が開き、旅人は邸の中に入る。テラス、低いテーブル、読みかけの本、庭の小道、白い格子。すべては同じ装置。女が現れる。

> **彼女は夏のワンピースを着ている。彼女の髪はとても黒く、解かれている。**　　　　　　　　　　　　　　　　　　（A 76 / OCII 1302）

旅人は明るい光の射すテラスに出る。その明るさの中で、女は旅人を認め、驚く。

> **ふたりは突っ立っている。動かない。彼女が呟く。**
> **──帰ってらしたのね…**　　　　　　　　　　　　　　　（A 77 / OCII 1302）

彼女は煙草に火をつけるが、その手は震えている。

> **彼女は青いパラソルの光の中にいる。**

彼は凝視めはじめる。美しい、まだ、あいかわらず。

（…）

——彼女はとうとう恢復しなかったの？

——恢復しなかった。

（…）

——ときどき…　彼女がわたしを呼ぶような気がするわ…　まだ…　今でも…

（…）

彼女の身体がワンピースの下にはっきり見える。まだ生命のある身体。足ははだし。テラスの敷石のうえのはだしの足。

(A 78-79 / OCII 1302-1303)

旅人は異様な注意を払って女を凝視める。彼女はそれに気づいていない。彼に訊ねる。

——S. タラになぜもどってらしたの？

沈黙。彼女は驚く。

彼のほうに向き直る。見る。自分を凝視めている視線を見る。

(A 80 / OCII 1303)

旅人は口ごもりながら、答える。死ぬつもりだった、と。その場所を求めてここへ来たら彼女に会ったのだ、と。一瞬、彼をじっと見たあと、女が言う。

——そう…　そうなの…　彼女の行く先々で、すべてが崩壊するのよ。

旅人は死の順番についてたったいま犯された過ちを修正しない。
（A 81 / OCII 1304）

　タチアナ（と、たしかに思われる女）は、ロルがまだ生きていると思っている（「彼女が死んではいないことは、ちゃんとわかってたわ、誰かが知らせてくれたのね」A 78 / OCII 1303「彼女は今でもわたしのことを話す？」A79 / OCII 1303）。だが、いま旅人は知っている（このS.タラに来て知ったのだ）、ロルの生きていた時間がもう続いてはいないことを。あのとき、無自覚に（ロルの叫びは聞こえなかったのだから…）置き去りにしたことで、自分が、自分たちが、彼女を殺したのだということを。しかし彼はそのことについては何も言わない。すると次のふたりのやりとりは二重の意味を帯びてくる。

　　——死ぬ必要はなくなったのね？
　　——そうだ。
（A 81 / OCII 1304）

　タチアナ（まだ美しい、生命のある身体をもつ女）は、S.タラでロルと再会を果たしたからには、贖罪としての死は無用になったのかと問う。男は、単なる生命の終わりとしての死はここS.タラではもはや無用であるという意味で、「そうだ」と言う。
「死は無用になるのか？」——この問いに対する旅人の肯定の答えを境に、すべてが変わり始める。この物語の中で最も不可解で恐ろしい場面が始まる。
　ふたりはたがいに凝視めあう。

　　——あなたが誰だか、わからなくなってきた。

変化はとつぜん、昼が夜になるように、起きる。
——何が違って？
旅人は、わからないという仕種。
彼女は微笑み始める。彼女は微笑む。ごくかすかな顔の変化が起こる。彼女は微笑んでいる。
——わからない？
微笑みは顔いっぱいに貼りついてしまった。その下の顔は、見分けられなくなっている。彼女はあいかわらず微笑んでいる。
もはや彼女が誰なのかわからない。女が言う。
——わたしを見て。　　　　　　　　　　　（A 81-82 / OCII 1304）

　旅人にはわからない。彼女はさらに旅人のほうに顔を近づけ、もっとよく見るように言う。旅人はついに——

——髪だ。
——そうよ——微笑はいっそうはっきりする。
——染めたのだね。
——ええ。黒にね——彼女はつけ加える、ますます微笑みが強くなる——わたしの黒い髪、黒く染めた髪——彼女はさらにつけ加える——それだけ？
恐怖がよぎる。テラス、庭、それがとつぜん恐怖の場所となる。旅人は立ち上がる。テーブルに手をついて身を支える。女をもう見ない。女のほうは彼を見続ける。返事を待つ。あいかわらず微笑んで。　　　　　　　　　　　　　　　（A 83 / OCII 1305）

IV.　黒衣の女

女は返事を促す。旅人はもう何もわからないという身振り。女が言う。

　　　――S. タラの死女よ。
　　彼女は繰り返す。言う。
　　　――わたしは S. タラの死女よ。
　　彼女は待つ。さらに語を継ぐ。
　　　――うまくやったわ。
　　さらに待つ。また語を継いで、言い終える。
　　　――あなたがたすべての中でわたしだけ――彼女はつけ加える――わたしだけが、S. タラの死女よ。　　(A 83-84 / OCII 1305)

　世界がぐらりと揺らぐ。生は死へ、現在は過去へ、時間は非時間へ、ここは彼方へ。
　微笑みのクレッシェンド。
　旅人は、女を見ずに立ち去る。女はそこに残る。その場所に。

　はじめ、そこはたしかにかつてのタチアナの場所だった。そして女は、夏のワンピースを着た、まだ美しい、黒髪のタチアナだった。たしかに。だがいま、この S. タラで、彼女の場所と彼女の存在だけが無傷で変容を被っていないはずはない。だから旅人は、異常な注意力をこめてこの場所と女を凝視めたのだ。女は「うまくやった」…「わたしだけが（…）死んだ女」。旅人が否応なく見せられた、S. タラの真の姿。
　最初タチアナに見えた女は、本当は誰だったのか？
　S. タラの死女とは誰なのか？　この本の中に答えはない。彼女は

二度と出てこないし、言及されることもない。そしてこの女を3ページにわたって登場させた書き手は、その存在を忘れてしまった。さらにこの本の読み手（のひとり）は、この女の存在に気がつかなかった。

　S. タラ、この本の中のS. タラにあるのは、海と砂と風。すべては動き、流れ、崩れ、輪郭をもたない。人間も例外ではない。誰も名前をもたず、存在する証拠もない。旅人が入りこんだのは——いや、帰ってきたと言うべきか——そういう場所だったのだ。

熄(や)むことのない微笑は恐ろしい。　　　　　　（VC 205 / OCII 614）

　デュラスがこのフレーズを書いたのは、『副領事』の中、女乞食に追われたシャルル・ロセットの恐怖である。それはまた、遠い昔、幼いデュラスが実際に体験した恐怖であり、それは心の奥深くに染み込んでいて、書くことの根のところに、つねに、ある。デュラスにとって書くことが恐ろしい陥穽となるのは、それに触れないで書くことができないからだ。

　おそらく意図せずに本の中に出現させた（出てきてしまった？）この女、その微笑から逃れるために（と意識してはいなかっただろうが…）企てられた映像化の作業。そしてデュラスは、本の中への女の出現を意識の表面から抹殺する。だが、逃げても、追い払っても、抹殺しても、無駄だった。女は、次の作品（単純に『愛』の映像化作品となるはずだった）では、その全体を仕切る存在となって出現する（むしろこうしてスクリーン上に出現させたことで、デュラスは『愛』のあの女を忘れえたのかもしれない…）。

IV.　黒衣の女

S.タラのすべてを見張る女。

黒衣の女。

古びて色褪せた黒の衣装、昼間の光にはそぐわない夜の衣装、白塗りの厚化粧をした女。 (FG109 / OCII 1437)

わたしたちの最初の疑問に帰ろう。この黒い衣装の女はいったい誰なのか？

黒の衣装がただちに思い出させるのは、S.タラの舞踏会、アンヌ‐マリ・ストレッテルの出現——

彼女は痩せた身体を黒いドレス（ローブ・ノワール）で包んでいた、同じ黒の二重のチュールの、身体にぴたりと沿う、背中を大きく刳ったドレス（…） (LVS15 / OCII 290)

『ガンジスの女』の「声」たちは、S.タラの死んだ舞踏会を語る。

      声2
彼女はこの舞踏会に遅れてやって来た… 夜中になってから…
     声1 *(間)*
もうひとりの女ね…？
      声2
そう。
黒いドレスで…

すでにいい年で、美しくなかった。痩せて。 *(間)*
憶えている…？

　　　　　　声1 *(間)*

かすかに…　ほんのかすかに…

（FG 122-123 / OCII1448）

　カルカッタのフランス大使館のレセプションでも、アンヌ‐マリ・ストレッテルは、同じ、黒いドレス。

彼女は黒い衣装<ruby>アン・ノワール</ruby>**、二重の黒いチュールの、身体にぴたりと沿うドレス（…）**　　　　　　　　　　　（VC92 / OCII 510）

「声」たちの会話も、アンヌ‐マリ・ストレッテルを追ってインドへと移ってゆく。

　　　　　　声2 *(間)*

インドから来たの…　大使館から…　彼女はやって来て…　舞踏会を通り過ぎて行ったの…　心ここにない様子で…　　　　　　　　　　*(間)*
わかって…？

(沈黙)

　　　　　　声1 *(低い叫び)*

あ、そうよ…　そう…　思い出した…　彼女の後ろにはガンジスがあって…？　女乞食たちも…？　彼女のまわりにはそんな空間が…　飢えが…？（FG 123 / OCII 1448-1449）

IV.　黒衣の女

アンヌ・マリ・ストレッテルの髪は赤毛。眼は、どこを、何を見ているのか、何を考え、感じているのか読み取ることの難しい、薄い青色。

　S.タラの浜辺の女の視線は強く、鋭い。髪は黒。服装は古びた黒の夜のドレス。けばけばしい飾り(スパンコール)が黒いチュールを通して光る。浜辺ではその上に黒いコート。ここは冬のS.タラ。

> **彼女はここにいる。疲れを知らない女、S.タラの眠らない女。つねにはっきり目覚めている、この浜辺の女、気のふれた女は、彼女もまた、カルカッタの黒い装いをしている。**
>
> 　　　　　　　　　　　　　　　　　　　　（FG 125 / OCII 1450）

　S.タラとカルカッタの二重視。
「声」たちの話は続き、ガンジスのほうの、わたしたちの知らない後日談を語る。無表情なS.タラの若い女、LVSの映像に重ねて…

声1

彼はもうひとりの女を追って、インドまで行ったのね？

声2

そう。彼女の死後、インドを去った。結婚して子どもができたわ。　　　　　　　　　　　　　*(沈黙)*

　　　　　　　　　　　　　　　　　　　　（FG 126 / OCII 1451）

もうひとりの女、つまりアンヌ‐マリ・ストレッテルの死が言われる。しかも所有形容詞という、あたかも周知の事実を言うときのような形（「彼女の死後」）であっさりと。この死が口に出されたのはここが最初である。そしてカルカッタとS.タラを舞台とする物語に出てくる女たちの中で、他に「死んだ」と言われる者はいない。
　自ら、S.タラの死んだ女であると言った、『愛』の、変身した女、髪を黒く染めた女とは、それでは…？「あなたがたすべての中で、わたしだけが死んだ女」と、その女は言った。そのとき、わたしたちはその死者が誰であるかを知らなかった。
　書き手であるデュラスは、いつそれを知ったのだろう？

　しかしデュラスは、『ガンジスの女』を書き上げたあと、グザヴィエール・ゴーチエとの対談の中で、ついでのように言ってのける——

　　MD－（…）わたしの意見では、（…）あれ〔黒衣の女〕はタチアナ・カルルよ。 (Parl 119 / OCIII 83)

　自作の解説ではなく、もちろん作者によるタネあかしなどでもない。「デュラスの意見」である。デュラスの無意識の層にはおそらく、『愛』のあの女がはっきりと、消しようもなく刻み込まれているのだ。旅人を迎えた、変身する前の女、青いパラソルの光の中、黒衣ではなく、夏のワンピース姿のタチアナ・カルル。
　「声」たちは、不確かな記憶をたどり続ける。

IV. 黒衣の女　　149

　　　　　　　　声1

女がいたわね…　憶えている？…　「*黒髪の下は裸で*」…　彼女はこの間の事情をとてもよく知っていた…　ふたりはいつも一緒にいたのよ。
　　　　　　　　声2 *(間)*

ああ、そうね…　ドイツふうの名前だったわね？
　　　　　　　　声1

そう…
　　　　　　　　声2

たくさん愛人がいて、所有地も…　何度か結婚して…
　　　　　　　　声1

そう…　最後に…　ここ…　S.タラで…
　　　　　　　　声2

ええ…　お医者とね。
　　　　　　　　声1

ふたりは学校で知り合ったのよ…　　　　　*(沈黙)*
「*青いパラソルの光の中に…　テラスの敷石の上のはだしの足…　夏のワンピースを着て…*」　　*(間)*
憶えている？　　　　　　　　　　　　　*(沈黙)*
　　　　　　　　声2

なんていう人生…　　　(FG133-134 / OCII 1457-1458)

「声1」が引用する「青いパラソルの光の中に…」は、『愛』の中のフレーズ。旅人が訪れる家にいた女、タチアナ・カルル。
　——タチアナ・カルル、S.タラの舞踏会の一部始終を見ていた女。

マイケル・リチャードソンとの恋愛にどこか心ここにあらずといったロルの心理状態を感じ取っていたのも、アンヌ・マリ・ストレッテルをひと目見た瞬間に、彼女の中に宿る死を見抜いたのもタチアナ。何よりも、タチアナが「わたし」（ジャック・ホルド）にその舞踏会について語ったところから『ロル』の物語が始まったことを忘れるわけにはいかない。さらに、ライ麦畑から見つめるロルの前、光に照らされた窓の中に現れた「黒髪の下は裸」の女、タチアナは、ロルにとって、もうひとりの女の代理を務める女だった。黒いドレスで舞踏会を通り過ぎた女の、代理。

　そして、ロルがもはや『ロル』のロルではないように、タチアナも『ロル』のタチアナではない。

「声」たちの会話は、「映像のフィルム」で黒衣の女がうたう「S. タラの歌」によって中断される。次第にたかぶってくるその歌声が、S. タラ中を浸す。

> **ホテルの一室。低いテーブル。椅子。薄暗い灯り。テーブルの上に造花。安っぽい絵柄の壁紙。売春宿の待合のような部屋、S. タラの女の部屋。女は、黒いドレスでそこにいる。床に座り込んで、S. タラの歌のメロディーをうたっている。**
>
> （FG135 / OCII 1458）

　ホテルの別の部屋では旅人が、ホテルの外ではLVSが、この歌を聴いている。そして画面では、旅人の、次いでLVSのクローズアップが順に映し出されるだけだが、テクストではこのふたつの画面の指示のあいだに、次のフレーズが挿入される——

IV.　黒衣の女　　151

インドで死んだ。青い眼は光にやられて。見えなくなって。

(FG135 / OCII 1459)

とつぜん歌声が止み、そのあとの静けさをじっと聴き続ける旅人の画面の指示のあと、テクストはさらにこう続く——

死んで、墓石の下、彼方の。周囲で、ガンジスは海へと方向を変える。黒い水の道、海へ向かっての。河がゆるく蛇行する場所、イギリス人墓地にある彼女の墓。腐った欲望。

(FG136 / OCII 1459)

ここ S. タラへの、彼方の、ガンジスの死の導入。わたしたちを驚かせた「声」たちのかすかな記憶の中での言及(「彼女の死後…」)を、映像とは関係のないテクストがはっきりと言い直す。

死んだ女、アンヌ - マリ・ストレッテル。
「声1*」に欲望を抱く「声2」が言う——

> * 焼かれた声、「声1」は18歳。白い服を着た永遠の18歳。
> この声は、「映像のフィルム」でひとこともものを言わないLVSを演ずる女優のもの。

声2
あなたはなんて美しいの… 白い服を着て…(アビエ・ド・ブラン) なんという驚き…

声1
ガンジスの女(ひと)に会いに行こうと思って… *(沈黙)*

152

声2

愛しているわ… あなたが欲しい… 　　　　　　*(沈黙)*

（FG143-144 / 1466）

　ガンジスの女(ひと)とは（この作品のタイトルそのもの）――ガンジスで死んだアンヌ - マリ・ストレッテル？

　だが、ロルが念入りに白の装いをして会いに出かけたのは、タチアナ・カルルである。

　タチアナ・カルル――ガンジスの女――アンヌ - マリ・ストレッテル――S.タラの死女――黒衣の女…

　S.タラとガンジス（カルカッタ）の混交は、さらに進む。

　画面はホテルのホール。黒衣の女と旅人。ついで、Ṡ.ṫ.ṙ.ṡの波止場の夕景。テクストは――

ひと気のない河岸(ケ)（カ̇ル̇カ̇ッ̇タ̇の）。街灯。誰もいない。

（FG144 / OCII 1466）

　意図的な（あるいはまったく意図せざる？）ふたつの場所の混交。ふたりの（あるいは三人の？）女の、混交。

　この風景に重ねて「声」たち――

声1

**いつも同じ平静さ… 心ここにない様子で… あそこに立っていたわ、モンスーンの暑さの中に…
黒い服を着て…**（アビエ・ド・ノワール）
大使館の庭はガンジスに面している…

IV. 黒衣の女　　153

　　　　　　声 2

　　あの金網は？

　　　　　　声 1

　　テニスコートよ。

　　　　　　声 2

　　花のようなこの匂い？

　　　　　　声 1

　　病(レプラ)よ。

　　　　　　声 2

　　ラホールの暗い夜。　　　　（FG144-145 / OCII 1466-1467）

カルカッタに続いて、ラホールまでが召喚される。

　そしてついに画面にも、彼方、カルカッタの明らかなしるしが出現する。テクストは、画面の風景がS.タラのものであることを繰り返して強調する。ところが——

> S.タラの日の光。テニスコート。冬の光の中、S.タラのテニスコート。わたしたちは穴から出た。インドは幕を下ろした。いまは昼間だ。あれはたしかに、S.タラの、誰もいないテニスコート。高い金網に囲まれている。金網越しに見える、閉め切られた別荘(ヴィラ)の重なり、S.タラの小高い丘。インドの最後の鼓動——金網に、赤い色の女性用の自転車が立てかけられている。（インドのフランス大使館の庭でも、人のいないテニスコートの金網に、大使夫人の自転車がたてかけてあった。）
> 　　　　　　　　　　　　　　　（FG145 / OCII 1467）

旅人がゆっくりとその画面を通り過ぎてゆく。冬のS.タラのテニスコートの傍を。そしてテクストはこう続く――

> 彼はさらにS.タラを歩いてゆく。フランス大使夫人アンヌ‐マリ・ストレッテルの赤い自転車が、冬の日の光を浴びて、そこにあった。通り過ぎた。死ぬ前に再び会うことはなかったのだろう。さらに歩いてゆく。姿が見えなくなってゆく。（…）アンヌ‐マリ・ストレッテルは、むこうで死んだ。彼女の墓は、イギリス人墓地にあり、病(レプラ)の薔薇の花の匂いに浸されている。いまは亡き女。　　　　　　　　　　　（FG146 / 1468）

　S.タラのテニスコートにある自転車が、アンヌ‐マリ・ストレッテルのものであることがはっきりと言われた。リフレインのように繰り返されるアンヌ‐マリ・ストレッテルの死。
　死んだ女、アンヌ‐マリ・ストレッテル。
　一方、S.タラの女、黒衣の女にはもはや時間は存在しない。画面は、黒いチュールを透して飾り(スパンコール)を光らせながらホテルの廊下を歩く女――

> 彼女は進む、喪のレース飾りをひらめかせて。最も細かいところまで知り尽くした女、彼女自身に変装し――黒い髪を黒く染めて――、彼女は行く、時間を横断して。彼女は知っている、知識を横断して。　　　　　　　　　　（FG149 / OCII 1471）

　『ガンジスの女』の黒衣の女は、『愛』には出てこない？　と問うたとき、デュラスはこのページを読み返すだけでよかった。『愛』

IV.　黒衣の女

のあの女、最初タチアナであった女が、まさにこの黒衣の女にむかって変容していることを思い出した（発見した？）だろう。

　さて、LVS が——それまでは操り人形のように「狂人」の後について歩くだけだったのに——夜、ひとりでホテルにやってくる場面。「声1」は、遠くで女が笑い、叫んでいるのを聞く。「声2」には聞こえない。画面の声でもなく、わたしたちにも聞こえない。「声1」によれば、それはガ・ン・ジ・ス・のほうで聞こえる。笑っているのは、切れ切れのことばを叫んでいるのは誰？　ガンジスの女？…
　細字のテクストがページを埋める。「映像のフィルム」にも「声のフィルム」にも関係のないテクスト——

> 彼女は本当に死んだのか、舞踏会の夜、火につらぬかれて S. タラを横切り、S. タラの恋人たちを引き裂いた女は？彼女は本当に、インドの大地の彼女の穴の中に閉じこめられ、無害なのか？そう。モンスーンの鉛のような雲の下で、彼女は声をたてない。彼女ではない。あれ〔笑っている女〕は誰か他の女、同様に気のふれた、デ・ル・タ・に・い・る・女・乞・食・にちがいない（…）あるいはおそらく、かしこで、同じ空の下、自らが涙した病(レプラ)の囲いの中、同じ腐った臭いの中に埋葬された女の影(アンヴェール)だ。彼女たちふたりに、二重の貌——知性と沈黙——をもつ腐敗。　　　　　　　　　　（FG160 / OCII 1480）

　ふたりの女——ガンジスで叫ぶ女と、ガンジスで死んだ女。記憶をなくし、ひとりは笑い、ひとりは泣く。意味のない、理由のない笑い、苦しみも悲しみもない涙。ひとりは消え、ひとりは埋められた。

ふたりは書かない（だからデュラスは書くことにした）。
ガンジスの、ふたりの女。

　画面は、S.タラの最初の恋人たちの、ことばのない逢引き。どこからか見ている黒衣の女。泣いている。

　　涙にくれる女、黙って、眼を閉じて。もうひとりの女、アンヌ‐マリ・ストレッテルのまやかし。　　　（FG163 / OCII 1482）

　さまざまに示唆されてきた女はアンヌ‐マリ・ストレッテルのまやかしであると、ここでテクストは——デュラスは——述べる。

　そう、解答などないのだ。すべてが、『ガンジスの女』ではまざりあってゆく。
　黒衣の女は、時を超えてゆく、空間を超えてゆく。

　　「ここは川までS.タラ、川の向こうは、そこもまたS.タラ…」

　それははじめからそうだったのではなく、そうなっていったのである。物語それ自体も、生成し、熟し、腐敗してゆく。人間と同様に。

　S.タラは、その最初の舞踏会と、その後のロルの物語とともに、「声」たちによってガンジスのほうに運ばれて、新しい物語（いちばん古い物語でもある）の中で語られる——戯曲（または映画台本）としてのテクスト『インディア・ソング』。
　この中でわたしたちの前に現れ、テクストによって何度もそう言

IV.　黒衣の女　　157

われる「黒衣の女」は、アンヌ‐マリ・ストレッテルである。

「声」たちが暗い舞台を前に、S. タラの舞踏会の記憶をこもごもに語る。

声1
彼女はあの舞踏会に遅れてやってきた…　夜になってから…
声2
そう…　黒い衣装(アビエ・ド・ノワール)で… (IS15 / OCII 1526)

ついで舞台の溶明とともに、それまで見えなかった人物の姿が浮び上る。

長いすの上に長々と横たわった、とてもほっそりとした、痩せぎすな、と言ってもいいほどの、黒い衣装の女。
彼女に寄り添って、やはり黒い服装の男が座っている。
(…)
「声1」が——わたしたち〔読者 / 観客〕より遅れて——黒衣の女に気づく。

声1（苦痛に満ちたごく低い声で）

アンヌ‐マリ・ストレッテル…
(…)
ふたつの「声」は低くなり、この場の死と同調する。

声 2

彼女の死後、彼はインドを去った…　　　　　　　　（*沈黙*）

このフレーズはひと息に言われる。ゆっくりと、暗誦されるように。
わ̇た̇し̇た̇ち̇の̇前̇に̇い̇る̇黒衣の女性は、それでは、死̇ん̇で̇い̇る̇
の̇だ̇。
　　　　　　　　　　　　　　　　　　　　（IS16-17 / OCII 1526-1527）

　死者であることがはっきりと（テクストで）言われた女は、やがて立ち上がって、やはり黒い服装のマイケル・リチャードソンと、インディア・ソングの調べにあわせて静かに踊る。
　このときの黒の衣̇装̇は、レセプションの折の黒いドレスなのだろうか？テクスト『インディア・ソング』冒頭のこの個所には明示されていない。レセプションの折の衣装は——

アンヌ‐マリ・ストレッテルは黒いドレス——ロ̇ー̇ブ̇・̇ノ̇ワ̇ー̇ル̇——S. タラの舞踏会で着たのと同じ——を着るだろう。　（IS 57 / OCII 1554）

同じ女の次の登場は、夜の室内——

舞台はさらにしばらくのあいだ無人のまま。それから黒い衣装の女が、部屋暗がりのなかに入ってくる。足̇は̇は̇だ̇し̇。髪̇は̇解̇か̇れ̇て̇い̇る̇。黒い木綿の、ゆったりとした短い部屋着を着ている。
　　　　　　　　　　　　　　　　　　　　　　（IS 31 / OCII 1536）

この女はアンヌ‐マリ・ストレッテル、同時に『愛』のあの女、

IV. 黒衣の女　　159

タチアナ・カルル。

　インドの暑さの中、立ちつくす彼女を前に、「声」たちは『ガンジスの女』での会話を繰り返す。

声2 (感情をおしころして)

あなたはなんて美しいの、*白い服を着て*…　　　*(間)*

声1

***ガンジスの女(ひと)に会いに行こうと思って*…**　　　*(間)*

　〔『ガンジスの女』にはなかった、この会話の続き——〕

声1

…あの白人女性よ…

声2

…あの…？

声1

そう、あの女(ひと)…

声2

…島で死んだ…

声1

眼が、光でやられて、見えなくなった。

声2

そう。
あそこの、石の下。
周りはガンジスの彎曲部ね。　　　　　　　　　　　*(沈黙)*

　ガンジスの死女は、あいかわらず、わたしたちの目の前でじっとしている。

「声」は、彼女の死を覚まさないよう、とても低い歌となる。

(IS 31-32 / OCII 1537-1538)

　重なり合うタチアナ・カルルとアンヌ‐マリ・ストレッテル。S.タラの死女とガンジスの死女、同じ女、黒衣の。

　映画〈ガンジスの女〉、テクスト『ガンジスの女』、テクスト『インディア・ソング』が、どういう順序で書かれ、制作され、上映/上演されたのか、わたしたちは最初の章でそれらの成立事情を詳らかにする試みを放棄した。だがともかく、「黒衣の女」が現れ、「声」たちが語り始め、この（これらの）物語がその成熟のひとつの極みに達したとき、すべての作品（『副領事』、『ロル・V・シュタインの喪心』、『愛』、『ガンジスの女』、『インディア・ソング』）を召喚して、デュラスは映画〈インディア・ソング〉を撮った。

　映画〈インディア・ソング〉で、アンヌ‐マリ・ストレッテルの最初のスクリーンへの登場は、黒い衣装ではなく（ベージュのワンピースでマイケル・リチャードソンと踊っている）、レセプションの場面のドレスは深いワイン・レッドである。テクスト『インディア・ソング』と一致している黒い衣装は、プライベートな空間で着ている黒の部屋着のみ（「島」での最後の夜と同じ衣装で、この部屋着は、死の象徴として浜辺に残された）。
　では、「黒衣の女」はこのとき、デュラスの脳裏にはもう存在しなかったのだろうか？　その呪縛から、首尾よく解放されたのだろうか？　〈インディア・ソング〉は、もとの『副領事』の世界にもどっ

IV.　黒衣の女　　161

たのか？

そうではなかろう。

物語の熟成——『副領事』では言われなかったアンヌ‐マリ・ストレッテルの死が言われ、黒衣の女が姿を現したからには、そのような逆戻りはありえない。

デュラスの撮影ノートや、コンテの断片を読めば、最初は映画〈インディア・ソング〉にも黒衣の女が登場するはずだったことがわかる。

まだ撮影場所も決定していない段階でのコンテ、レセプションの最初の場面——

> **カメラはホールで待機する。**
>
> **（…）**
>
> **ホールへの入り口に、ひとりで、ゆっくりと、写真の*黒衣の女が姿を見せる。大使夫人の客間(サロン・パルティキュリエ)のほうを見ている。彼女は庭から入ってきた。**
>
> **少しあと、白い装いのアンヌ‐マリ・ストレッテルが登場、彼女も客間のほうを見てから、こちらへ向かって進み、微笑む。**
>
> **ふたりの女——死者と、もうひとりの女——は、同じフレーミングの中にいる。ふたりはお互いに気づいていない。**
>
> * （原註）この黒衣の女の写真は、死んだ女の写真。わたしはニキ・ド・サン・ファルにこの役を演じてくれるよう頼んだ。この女がレセプションに現れるのだ。彼女の写真は、第一部では一度見られるだけである。最後のコンテでは写真だけが残った。

（Alb 67）

このあと黒衣の女は客間(サロン)の中に入ってゆき、そこからレセプションを見ている。レセプションのあいだ、カメラが彼女の姿を映し出すたびに、そこでカットとなる。

　この案が実現していれば、興味深いものだったろう。同じフレーミングの中、白い衣装の女と、黒い衣装の死んだ女——同時に別々の女優によって演じられる同じ女、アンヌ‐マリ・ストレッテル。

　しかし厳しく純化されてゆくコンテからは、多くのものが削ぎ落とされる。レセプションの場面の遠景に登場していた何人かの端役たち、フランス大使、ジョージ・クラウン（彼の姿は別のシーンには残るが…）。端役たちや大使は声だけが残り、シャルル・ロセットは名前を失い、名前も台詞も失ったピーター・モーガンは、画面に姿だけが残った。そして——

> **最後に姿を消したのは、黒衣の女だった。ニキ・ド・サン・ファル*はこの役を拒否し、黒衣の女は、戦後エドゥアール・ブーバによって撮影されたひとりの女性の三葉の写真によって置き換えられた。**　　　　　　　　　　　　　　　　　　（Alb 20）

　＊ Niki de Saint Phalle ——ニューヨークのフランス系アメリカ人の富裕な家庭に生まれたこの女性は、11歳のとき父親に性的虐待を受け、18歳で結婚し、パリに来て、病んだ神経をアート創作によって癒すことになる。30歳で家庭を捨て、父親、男、組織、教会、社会への、不幸のすべてを娘のせいにした母親への、あるいは自分を異分子とみなす既成美術への、壮烈な復讐ともいえる1960年代のシューティング・アートのパフォーマンスで世界に知られるようになった彼女——美しきアマゾネス（ただし彼女にはティンゲリという良きパートナーがいた）——は、デュラスから映画出演依頼のあったこのころ、40代半ばである。

IV.　黒衣の女

映画〈インディア・ソング〉——オープニングに続く最初のショットは、暗い夜の室内、スタンドの弱い光に照らし出された、若い女性の写真。インド人の召使が写真の傍に薔薇の花の花瓶を置き、香を薫く。

　続くショットは長いすの上に投げかけられるように置かれた赤いドレス、金の装身具、赤毛の鬘、ティアラ——後でわかるが、すべてレセプションでアンヌ - マリ・ストレッテル（を演ずる女優）が身につけたもの。「声」たちはS.タラの舞踏会の話をしている。

　カルカッタのフランス大使館の外観（錆び付き、ひび割れ、剥げ落ちた、ロスチャイルド邸の廃墟そのまま）。「声」たちによって、アンヌ - マリ・ストレッテルの死が語られる。

　ついで昼間の大使館の中のひと部屋（最初に映された部屋——大使夫人の客間）。ピアノの上に置かれた写真、傍らに花、薫香の細い煙。「声」たちは、はじめてこの写真に気づき、押し殺した驚きの叫びを上げる——「アンヌ - マリ・ストレッテル！…」

> **（…）この長方形**〔大使夫人の客間の空間〕**は、映画全体の震央**〔震源の真上の地点〕（エピサントル）**である領域**（ゾーン）**を含んでいる。ピアノの上に置かれた、死んだアンヌ - マリ・ストレッテルの写真、彼女の思い出のための薔薇の花と薫香——祭壇である。** 　　　(Alb 19)

　デュラスが「祭壇」と呼ぶこの場所に置かれた（死んだ女の）写真は、アンヌ - マリ・ストレッテル役のデルフィーヌ・セーリグの写真でもなければ、「黒衣の女」役を拒否したニキ・ド・サン・ファ

ルのでもない。〈ガンジスの女〉における「黒衣の女」（キャトリーヌ・セレルス）の写真などではもちろんない。先のノートにあるように、無名のひとりの女性のものであり、この映画とは何の関係もない写真家の写真集から借りてきたもの。デュラスが「写真の黒衣の女が姿を見せる」と言うから、それは黒衣の女の写真になり、「死んだアンヌ - マリ・ストレッテルの写真」と言うから、そして「声1」が「アンヌ - マリ・ストレッテル！…」と叫ぶから、それはアンヌ - マリ・ストレッテルなのであり、そこは死んだアンヌ - マリ・ストレッテル＝黒衣の女を祀る場となるのである。

> **ブーバの写真——とりわけ女性たちの写真——は、いつも、それが表わしている顔の領域を超えるところで作用している。それはあるひとつの顔、それのもつ最も動かし難いアイデンティティの証明なのだけれど、同時に、そのアイデンティティは不安定で、死すべきものに属しているということの証明でもある。**　　　　　　　　　　　　　　　（YV 130 / OCIII 737）

　映画のスクリーン上では、唯一の黒の衣装——黒い部屋着——をまとって入ってきたアンヌ - マリ・ストレッテルが、ピアノの前で足を止め、しばらくじっとこの写真を見つめる。かぶせて、「声」たちによってその死が語られる。黒衣の女、S. タラの死女、ガンジスの死女は、この映像に収斂する。

　黒衣の女は、黒い衣装を脱げば、美しい赤いドレスのアンヌ - マリ・ストレッテル——白い肌、赤毛、薄い眼の色。顔に張りついた

IV. 黒衣の女　　165

微笑み。さらにその仮面と鬘を取ってみれば——そこに何が？

V.　アンヌ - マリ・ストレッテル

1

　今宵、カルカッタで、フランス大使夫人アンヌ - マリ・ストレッテルは、パーティーの立食テーブルの傍に立っている。微笑んでいる。黒い衣装、二重の黒いチュールの身体にピタリと沿うドレス。シャンペンのグラスを差し出している。グラスを差し出して、彼女は自分の周囲を見回す。老いの影がしのびより、身体に痩せがきて、そのために華奢ですらりとした骨格がひと目で見てとれる。あまりに明るすぎる眼の色、まるで彫像の眼のようで、まぶたの肉はうすい。
　彼女は自分の周囲を見回す。きらびやかな軍団が勲章の赤い飾り緒を日の光に輝かせうたいながら、征服者の名を冠したまっすぐな大通りを行進するとき、支配者の立つ壇上から、彼女はこの同じまなざしで、それを眺めるのだろう、祖国を追われた者のまなざしで。パーティーの出席者たちの中で、ひとりの男がこのことに気づく。シャルル・ロセット、32歳、一等書記官として、3週間前、カルカッタに着任した。

(VC92 / OCII 590)

　見ている者の視線によって、見られている者の存在があらわになる。ロルの場合はジャック・ホルド、アンヌ - マリ・ストレッテル

の場合はシャルル・ロセット。彼らは惹かれる対象の本質のごく近くまで迫りながら――愛を以って、と彼らは自任している――けっして一体となることはできない。見る者、語る者の宿命、そして「愛する」男の？

　デュラスは、語り手ジャック・ホルド、観察者シャルル・ロセットに、ひとつの任務(タスク)を課す。苛酷で報われることのない任務。それはデュラス自身が書く者として自らに課す任務と重なる。そして、物語がその成果である。J・ホルドによって語られるロルの物語、シャルル・ロセットによって観察されるアンヌ-マリ・ストレッテルの物語、デュラスによって書かれるロルとアンヌ-マリ・ストレッテルの物語。

彼女は興味をそそる、カルカッタのその女性は。

(VC93 / OCII 591)

　パーティーではさまざまなことがうわさされる。大使夫人の来歴について、その日常について――ヴェネチアで音楽にぬきんでた才能を示した、とても若くて行政官の妻となり、インドシナに赴任する夫に従ってラオス、サヴァナケットへ、そこに慣れることができず、精神の危機、ヨーロッパへ送り返す話が出ていたところへ、視察に訪れたストレッテル氏に見出され、ほとんど拉致されるように彼の後に（愛もなく）従った。ストレッテル氏はアジアの首都を歴任し、最後にインド、カルカッタ、おそらくここが彼の最後の任地になるだろう。

夫人には愛人がいる。ふたりは**大使館の黒いランチア**で出かけ、夫人は時にそのあと深い憔悴を見せる。大使館でレセプションが催されるとき、夜中を過ぎると現れる夫人の取り巻きの英国人たち、彼らはレセプションの後残って、夫人とともにガンジス河デルタの「島」に行く、大使はそうしたことすべてを知ったうえで許し、自分はネパールに行って狩をする。

　大使夫人はふたりの娘の教育に熱心で、テニスと読書を好み、赤い自転車に（モンスーンの季節以外）乗る、乞食たちのために晩餐の残り物ときれいな水とが大使館の裏口に置かれるよう差配する…

　彼女は、問題の人物、ラホールの副領事をしていた男を、最後の瞬間になってレセプションに招待した。そのことが今夜、出席者たちのあいだに大きな波紋をひきおこしている。

　カルカッタの上流白人社会の注目は、今夜、この人物に集まっている。さまざまなことがうわさされる。彼についてシャルル・ロセットはいくぶんかのことを知っている、すでに大使がその男の処遇について一等書記官としての彼に相談したのだ。さらに新任の外交官たちのためのパーティーでも顔を合わせている。このとき、アンヌ - マリ・ストレッテルはシャルル・ロセットのみに話しかけ、ラホールの男は無視された。

　シャルル・ロセットはラホールの男に関する恐怖と憶測をまじえたうわさをパーティーで耳にするが、多分にでたらめなそうしたうわさより、自分が眼にした光景が忘れられない。テニスコートに立

V.　アンヌ - マリ・ストレッテル

てかけてある大使夫人の赤い自転車を、ラホールの男が愛撫する。シャルル・ロセットは、このことを知っているのは自分だけだと思っている。すでに男の異様な執着に気づいてもいる。男の孤独にも。そして彼はまた、上司である大使から、男に話しかけてほしいと要請されてもいる。

今夜、はじめてのレセプションにふたりはのぞむ。アンヌ‐マリ・ストレッテルがにこやかに近づくのはシャルル・ロセットである。人びとはうわさする、この若い書記官は、デルタの「島」に招待される新顔となるだろう…

しかしアンヌ‐マリ・ストレッテルと踊っていると最中、シャルル・ロセットには、このにこやかで賢明な大使夫人の別の姿が見える――

> **とつぜん彼は、ここではない別の場所に彼女を見る。別の姿の彼女。飛んでいるところを捕らえられ、ピンで留められた姿、踊っているあいだに。** 　　　　　（VC108 / OCII 599）

午睡の時間に、公邸の奥まった片隅で、しどけない姿で本を読んでいる彼女。何を読んでいるのか、それはわからない。

> **こうした読書、デルタの大使館別邸で過ごす夜々、まっすぐだった輪郭線は乱れ、影の中に消える。そこでは何か――どう名づけてよいかわからない何か――が蕩尽され、あるいは顕われ出る。アンヌ‐マリ・ストレッテルはつねに光の中に**

姿を現すが、光に付随するこの影は何を隠しているのか？

(VC109 / OCII 599-560)

　タチアナ・カルルはアンヌ - マリ・ストレッテルをひと目見て「死んだ鳥」と形容し、シャルル・ロセットははじめてアンヌ - マリ・ストレッテルと踊って「虫ピンで留められた（蝶？）」と感じる。「影」の中に隠されたアンヌ - マリ・ストレッテルの本性。

　うわさ——カルカッタに来て一年目の終わり頃、夜明け、大使公邸に駆けつけた救急車、自殺未遂？　ネパールの山での療養？　何も正確なことはわからない。彼女はそれ以来、痩せている。

**　うわさではあのやつれは、マイケル・リチャードとの不幸な、あるいはあまりにも幸福な恋のためではないということだ。**

(VC110 / OCII 600)

「不幸な、あるいはあまりにも幸福な」恋…？　マイケル・リチャードとは？　彼女がヴェネチア出身だというのは本当なのか？彼女と踊りながら、あなたはイギリスの方だと思っていました、とシャルル・ロセットは言う。父はフランス人、母はヴェネチアの人よ、とアンヌ - マリ・ストレッテル——

**　——でもヴェネチア出身だと言えばそれがすべてだと思うのは、少し単純すぎます。ひとは生きる過程で通ってきた他の場所の出身者でもあると思いますわ。**
**　——副領事のことを考えておられるのですね。**

——もちろん、人並みにね。ここでは誰もが、あのひとはラホールの前は何者だったかを知りたがっているそうですが。
　——ということは、あなたは、ラホール以前は問題ではないと…？
　——あのひとはラホールの出身なんだと思いますわ、そうよ。
（VC111 / OCII 601）

　副領事は、スペイン領事夫人と踊っている。病(レプラ)についてのふたりの会話の切れ端が、シャルル・ロセットの耳に入る。

**　アンヌ-マリ・ストレッテルと踊りながら、シャルル・ロセットはとつぜんこう思う。ひと気のないテニスコートのあたりで彼が眼にしたこと、彼以外に誰かがそれを知っている、と。夏のモンスーンのたそがれめいた光の中、副領事が通ってゆくひと気のないテニスコートのほうを、他の誰かが見ていたに違いない、と。いまは黙している誰か。彼女だ、おそらく。**
**　うわさ——たぶん、すべてはラホールから始まったのだ。**
（VC115 / OCII 603）

　何も定かではない。アンヌ-マリ・ストレッテルはそのことについて何も言わない。ただ、ラホールのことだけを言う。彼女は副領事に話しかけたことはないのに。話しかけられたのは自分で、彼女に受け入れられたのは自分で、彼は無視された。それなのに、彼女は確信をもってその男について語る。シャルル・ロセットは、早くも自分には太刀打ちできない何かを感じている。それが幻想を呼び起こす、彼女が自転車に触れる男を見た、と。

アンヌ-マリ・ストレッテルはラホールの男と踊る。副領事は、スペイン領事夫人の話した病(レプラ)のことを話題にする。感染を恐れるあまり精神に異常をきたし本国へ送り返されたスペインの外交官夫人の話。アンヌ-マリ・ストレッテルの反応——

> ——なぜ病(レプラ)のことをお話しになるのです？
> ——本当にあなたにお話したいことを言おうとすれば、すべてが塵になって消えてしまうような気がするから…　——彼は身を震わせる——　あなたに言うべきことば、あなたに、そのことばが…自分について…あなたに言うべき…そのことばがないのです。まちがって、使ってしまいそうで…他のことを言うことばを…他の人に起こったことを言うことばを…
> ——あなたについての、それともラホールについての？
> （…）
> ——ラホールについてです。　　　　　　　　　（VC125 / OCII 609）

　副領事のまなざしの中に、強い喜びのようなものが見える。低い声で話しているが、彼が強く心を揺さぶられていることは誰の眼にも明らかだ。

> ——（…）わたしがあなたに言いたかったのはそのことです…　ひとはあとになってわかるのです、ラホールにいるのは不可能なのに、まさにその不可能さの中に自分はいたのだと。それがわたしなのです…　いま、あなたに話しているその男…　これがその男なのです。ラホールの副領事の話をあなた

に聞いていただきたい、わたしがその男なのです。
　──その人は何と？
　──ラホールについては何も言えない、いっさい何も、そしてあなたはそのことを理解してくださらなくては、と。

(VC126 / OCII 610)

　ラホールは彼にとって、一種の希望だった。アンヌ‐マリ・ストレッテルにはそれがわかっているようだ。だがほんのかすかに、それを夢の中で見ているように…

　──光の中で見てください。朝の8時、シャリマールの庭園にはひと気がない。わたしはあなたがこの世に存在しておられることを知らない。
　──わかります、少しだけ、ほんの少し。　(VC127 / OCII 610)

　シャルル・ロセットは、ふたりが副領事の次の赴任（候補）地について話していると思っている。会話がアンヌ‐マリ・ストレッテルを疲れさせている、と、彼は思う。

　──ラホールが必要だったことに気づいている、と言っていただきたいのです。（…）たとえほんの一瞬でもあなたがそれに気づかれた、それがとても重要なのです。

(VC128 / OCII 611)

　彼女はびくっとする。微笑まねば、と思う。彼女も身を震わせる。ためらう。しかしついに言う──

> ——ラホールが必要だったと、わたしは気づいています。すでに昨日、それに気づいていたのですが、自分で知らなかったのです。
> (VC128 / OCII 611)

　昨日——それは彼女が、最後の招待客として、副領事に「おいでください」とひとこと言ってやった日である。

　ふたりは黙る。言うべきことはすべて言われた。長い沈黙の末に、副領事はおずおずと尋ねる、ふたりが自分のためにできることがあるか、と。彼女はきっぱりと言う——

> ——いえ、何もありません。あなたは何も必要としておられないわ。
> (VC128 / OCII 611)

　ダンスが終わる。

　アンヌ‐マリ・ストレッテルは再びシャルル・ロセットと踊る。彼はどんな人物です、とたずねるシャルル・ロセットに、彼女はそっけなく——

> ——あら！　死人のようなものよ…
> (VC128 / OCII 611)

　彼女は嘘を言っているのではない、と、シャルル・ロセットは考える。嘘などつかないだろう、ストレッテル夫人は真実を語っている。
　真実？

V.　アンヌ‐マリ・ストレッテル　　175

副領事は踊りながら何を話したのか、シャルル・ロセットはアンヌ‐マリ・ストレッテルにたずねる。

　　——何の話をしたかですって？　病(レプラ)についてよ、あの人は病(レプラ)が怖いのよ。　　　　　　　　　　　　　　（VC132 / OCII 613）

　大使から（つまりは夫人から）「島」への招待を受け、シャルル・ロセットは、副領事に対して優越感を持つとともに、素直に喜べないものを感じもする。事情を察知した副領事が酔いにまかせてからんでくる、その矛先をかわすつもりで、シャルル・ロセットは病(レプラ)のことに話を向ける。この病をいたずらに恐れる必要はない、と。安心させてやろうとしたのだ、親切にも。だが副領事は、身に覚えのない発言をしたと言われたことで激高し、シャンペンのグラスをたたきつける。

　　——嘘だ。誰がそんなことを？
　　——ストレッテル夫人ですよ。
　とつぜん、副領事の怒りは去る。ある考えが浮かんで、至福感に浸される。みんな、わけがわからない。（VC139 / OCII 617）

　レセプションの終わり。ほとんどの人が帰ろうとしているとき、副領事は再びアンヌ‐マリ・ストレッテルにダンスを申し込む。やわらかに拒絶されても、固執する。

　　——誰かが、わたしたちの話した内容をあなたにたずねましたね。病(レプラ)に関して話した、と、あなたは言われた。わ・た・し・の・

ために嘘をついてくださったのですね。言い訳は無用です。
もうすんだことです。
男の両手は燃えるよう、はじめてなめらかな声で話している。
――何もおっしゃらなかったのですね。
――ええ、何も。　　　　　　　　　　　　　　　（VC142 / OCII 619）

　何も告げ口はしなかった、何も、ふたりのあいだの大事な話は漏らさなかった、つまり、ラホールについてある共通理解があったことを。

　シャルル・ロセットは、ふたりを見ながら考えている、副領事はふたりの会話を彼に告げ口したことで、アンヌ-マリ・ストレッテルを責めているのだろう、と。

　　――あなたがどんな方か、わかっています、と彼女は言う。
　　わたしたちはこれ以上知り合う必要はありませんわ。思い違
　　いをなさらないでね。
　　――していません。
　　――わたしは軽く生きようと思っています――彼女は手を
　　ひっこめようとする――そういうふうに生きています、わた
　　しにとっては誰もが正しいのよ、どの人も、完全に、完璧に、
　　正しいのです。
　　――言い直しをしようとしないで。何の役にも立たない。
　　（…）
　　――そうね。
　　――あなたはわたしと一緒におられる。

Ⅴ.　アンヌ-マリ・ストレッテル

——ええ。
　——いまだけ——と、彼は懇願する——わたしといてください。
　(…)
　——わたしは今夜、ここインドで、完全に、他の誰よりも、あなたと一緒にいるのですわ。
　人びとは言う、彼女は礼儀正しい微笑を浮かべている、彼のほうはとても穏やかに見える。　　　　　　　(VC144 / OCII 620)

　語りえぬことについて、語ることなく理解すること。「不可能な」ことばの存在を、たとえ一瞬であっても、信じること。
「不可能性」そのものの中に閉じ込められていたラホール——かすかな希望であったラホール、そのためにヨーロッパを棄てたラホール——で、他になすすべもなく、怒りにまかせて死をその上に呼び込んだ。ソドムとゴモラに火の雨を降らせた神のように。そのことが逆説的に副領事をカルカッタへ、アンヌ‐マリ・ストレッテルへと導いたのだ。ふたりの邂逅は一瞬で(つまり二度のダンスで)終わる。それはすぐに終わらねばならない。「一緒にいる」ことの完璧性は「別れる」ことで全うされる。

「叫ぶ」ように提案するのは、アンヌ‐マリ・ストレッテルである。ふたりのあいだに「何か」が起こったことを示すために。「不可能」を公にするため、その実は、相手の同意の下にその一瞬の反転を誇示する——誰ひとり理解しないだろうが——、さらには、副領事がレセプションの場から追い出されるために。副領事は叫びつつ追い出されることで、他の、何人も知ることのないアンヌ‐マリ・スト

レッテルの素顔を持ち去ってしまう。素顔を？　いや、微笑の仮面の下には何もないということの認識を？　副領事にのみ可能であった認識。それを副領事は「愛」と呼び、アンヌ - マリ・ストレッテルは後にそれを「理解力という不幸(マル)」と呼ぶだろう。だがそれは、後に書かれる本の中でだ。

　　　――ここに居させてくれ！(ガルデ・モウ)　(VC145 / OCII 621)

最初の叫びに人びとは驚き、彼は酔っ払って正気を失くしている、と言う。

　　　――今夜、わたしはここに残る、あなたがたとともに！　と彼は叫ぶ。　　　　　　　　　　　　　　　　　(VC145 / OCII 621)

ピーター・モーガンも、シャルル・ロセットも、聞こえない振りをする。

副領事は懇願する、
――一度だけ。一晩だけ。ただ一度でいい、あなたがたの傍に居させてくれ。
――それはできない、と、ピーター・モーガンは言う、申し訳ないが、あなたのような人は、この場にいないときだけ、われわれの興味を惹くんだ。
副領事はことばもなくすすり泣きを始める。(VC146 / OCII 622)

副領事はピーター・モーガンによって外に連れ出され、大使館の

V.　アンヌ - マリ・ストレッテル　　179

外に追い出される。鉄格子の外に追い出されてもなお、叫び声は続いている。シャルル・ロセットは叫びを聞いている。アンヌ‐マリ・ストレッテルも。

叫びは遠ざかる。

彼らだけが残る——アンヌ‐マリ・ストレッテル、三人の英国人すなわち、ピーター・モーガン、大使夫妻の古い友人、と自己紹介したジョージ・クラウン、副領事が叫び始める少し前にやってきたマイケル・リチャード（公認の愛人、安定した絆、だが——と、シャルル・ロセットは観察する——それはもう当初の愛ではない）、そしてフランス大使館一等書記官、シャルル・ロセット。

今夜の出来事について話し合う男たち。

鈍いわめき声がまだ聞こえる。ガンジス河のほう。シャルル・ロセットは立ち上がる。　　　　　　　　　　　　　　（VC154 / OCII 626）

放っておきなさい、彼には何も必要ないわ——アンヌ‐マリ・ストレッテルになだめられ、シャルル・ロセットは坐りなおす。

副領事と直接話していないマイケル・リチャードの、副領事に関する質問、それに対するアンヌ‐マリ・ストレッテルの答えはこうだ——

——口を開く前のあの人の様子は…その眼のなかに…そうね、何か失われたものを見ているようだった…彼が失ったもの…それもごく最近…それをとりとめもなく見ている…たぶんひとつの観念(イデ)ね、ある観念の難破をね…。もう今ではわからないわ。　　　　　　　　　　　　（VC155 / OCII 626）

彼女は嘘を言ってはいない。

　——あの人が、と彼女は言う、あなたなんて言ったっけ？ 不幸？ そのものだとは思わないわ。それにしても彼はいったい何を、もうその片鱗さえ見えない何を、失ったのかしら？

(VC156 / OCII 626)

マイケル・リチャードは考えに沈む。ジョージ・クラウンとピーター・モーガンは女乞食を話題にしている。ガンジスのほうで、かすかに、彼女の歌声が聞こえている。そして遠い叫びも。

またもや、眠るカルカッタのもらす遠い歯ぎしり。

(VC160 / OCII 629)

夜明け、宿舎に帰るシャルル・ロセットを、アンヌ-マリ・ストレッテルが送ってゆく。

彼は見る、太陽の光がまだらに当たっている彼女の肌、とても蒼白い肌、彼女は飲みすぎたのだ、彼は見る、彼女の明るい眼の中で視線が揺れる、狂おしく動く、とつぜん彼は見る、ほら、本当に、涙が。
何が起こったのか？
　——何でもないわ、と彼女は言う、日の光よ、霧が出ていると光がとてもまぶしいの…

(VC164 / OCII 631)

V.　アンヌ-マリ・ストレッテル

シャルル・ロセットは、アンヌ - マリ・ストレッテルと別れてから涙について考える。

　思い起こせば、大使夫人の視線の流謫の中、レセプションの夜の始まりから、涙はそこにあり、朝になるのを待っていたのだ。
（VC164 / OCII 631）

　その日の午後、アンヌ - マリ・ストレッテルと四人の男は、ガンジス河口のデルタ「島」に赴く。豪華なホテル、プリンス・オヴ・ウェールズでの夕食のあと、アンヌ - マリ・ストレッテルは大使館の別邸にひきあげ、ジョージ・クラウンとピーター・モーガンは海へボートに乗りに行き、シャルル・ロセットはマイケル・リチャードとともに、アンヌ - マリ・ストレッテルを訪ねる。マイケル・リチャードがアンヌ - マリ・ストレッテルとの出会いをシャルル・ロセットに語るのはこの道すがらである。わたしたち（読者）はここではっきりと、このマイケル・リチャードと、アンヌ - マリ・ストレッテルとともにS.タラの舞踏会から歩み去ったあのマイケル・リチャードソンとは別の人物であることを認識させられる。マイケル・リチャードはここカルカッタで、旅行中に、夜、彼女の弾くピアノに惹かれてアンヌ - マリ・ストレッテルを見出した。そしてすべてをなげうって、カルカッタに留まった。今夜も、彼女はピアノを弾いているが、ふたりがやって来たのを知って迎えに出る。

　黒い木綿の部屋着姿——アンヌ - マリ・ストレッテルについてのこの（ほぼ）はじめての本の中で、時間は、アンヌ - マリ・ストレッテルの生きる時間に沿って流れている。『ロル』の中でのロルの時

間のように。

　マイケル・リチャードは、二年前、彼女が弾いていた（今はもう弾かない）曲の楽譜を探し始め、アンヌ-マリ・ストレッテルはこれがはじめての訪問であるシャルル・ロセットを案内して、別邸を見せる。

> **――今朝、泣いておられましたね、と、シャルル・ロセットは言う。**
> **彼女は肩をすくめる。あら、なんでもないわ…**
>
> 　　　　　　　　　　　　　　　　　　　　（VC189 / OCII 645）

　次々と部屋を見せては、灯を消す。ある部屋を出たとき、シャルル・ロセットは彼女を抱き寄せる。彼女は抵抗しない。接吻する。抱き合ったままでいる。そして――

> **くちづけの最中に――思いがけないことだが――ある不調和な苦痛が入り込む。新しい、燃えるような恋愛関係がちらりと見えるが、それはすでに失効している。あるいはまるで、自分がすでに彼女を――他の女たち、他の時期において――愛したかのようだ。愛した…だが、どんな愛で？**
> **――わたしたちはおたがいによく知らない。何か言ってください…**
>
> 　　　　　　　　　　　　　　　　　　　　（VC190 / OCII 645）

　彼女は何も言わない。
　愛人であるマイケル・リチャードは、シューベルトの歌曲を口ずさんでいる。何か気づいているのだろうか？

彼女は何事もなかったかのように氷を取りに行き、ウィスキーを供する。「島」の話をする。
　シャルル・ロセットは話の筋を追うことができない。ただアンヌ - マリ・ストレッテルを見つめる。彼の脳裏には副領事が甦る。レセプションが果てて夜明けに宿舎に帰るとき、副領事に再び会った。アンヌ - マリ・ストレッテルに、会いたいと伝えてほしいと頼まれた。彼は肯ったわけではない、ネパールに大使と一緒に行くと嘘をついたのだから。しかし憑かれたようにアンヌ - マリ・ストレッテルに向かって懇願する、副領事と会ってくれるように、副領事のおそるべき孤独、副領事の存在に耐えられるのは彼女だけなのだから、と。アンヌ - マリ・ストレッテルはこともなげに拒否する。
　なぜ彼はそんなに君に会いたがるのか、と、マイケル・リチャードが訊ねる。

　　——あら！　たぶんわたしが善良で、いくらか寛容だと思いこんだのよ…
　　——ああ…アンヌ - マリ…
　マイケル・リチャードは立ち上がって彼女のほうに行く。アンヌ - マリ・ストレッテルは眼を伏せてじっとしている。彼は彼女の身体に腕を回し、それから彼女を放して、遠ざかる。
　　——聞きたまえ、と、彼は言う、あなたも聞いてください。ラホールの副領事を、わたしたちは忘れなければいけない。この忘却の理由について説明は不要だ。わたしたちの記憶から、彼を消してしまうことだけが必要なんだ。そうしなければ…　——彼は拳を握りしめる——　わたしたちは大きな危険を冒すことに…　少なくとも…

──言ってください、どんな危険を？
　──アンヌ‐マリ・ストレッテルが誰だかわからなくなって
しまう。
(VC 193 / OC II 647)

　それではやはり、アンヌ‐マリ・ストレッテルの二年越しの公認
の愛人であるこの男も、心のどこかで、アンヌ‐マリ・ストレッテ
ルの本質について気づいているのだ、彼が敢えて見まいとしている
この女性の本質、気づいていてもどうしようもない本質に。アンヌ
‐マリ・ストレッテルが平然と吐く嘘を知っているのだ。嘘？　し
かしことばとは、それを言うための道具ではないのか？　彼はまた、
副領事と、自分たち（つまりここではシャルル・ロセットと自分）の本質
的な違いについても気づいている。だからこそ、彼の存在を忘却へ
と追放しようとするのだ。

　シャルル・ロセットにその冷静さはない。同じようにどこかで気
づいてもいるのだが。すでに失効した愛…　副領事は生きているだ
ろうか？──彼はいたたまれない気持ちに捉えられるが、それは素
朴にも、自分が副領事に嘘を吐いたと思っているからだ。

　夜は更ける。暑い夜。話すことはもうない。アンヌ‐マリ・ストレッ
テルは、ゆっくりと天井で回る扇風機の下に立つ。シャルル・ロセッ
トは、それを予期していると自分では知らなかった現象を眼にする。
アンヌ‐マリ・ストレッテルの閉じたまぶたの間から流れる涙。マ
イケル・リチャードは黙って立ち上がり、彼女に背中を向ける。シャ
ルル・ロセットは眼を逸らす。ふたりは待つ、彼女が、一瞬どこか
へ行ってしまって、そしてもどってくるのを。

マイケル・リチャードは振り返り、静かに彼女を呼ぶ。
──アンヌ‐マリ。
彼女はびくっとする。
──ああ、なんだか眠っていたみたい。
つけ加える、
──ふたりとも、いたのね…
マイケル・リチャードは苦悩の表情を浮かべている。

(VC196 / OCII 649)

　アンヌ‐マリ・ストレッテルはまだ蚊帳をあげたままのベッドに横になる。眼を閉じているが、眠ってはいない。横たわった彼女の姿はヴォリュームを失い、平らでまっすぐで、死者のようだ。相貌も変わって、老いて醜くなっている。死者としてのアンヌ‐マリ・ストレッテルの示唆。このはじめての本の中で彼女の死が言われることはないのだが。そしてこの場面は、アンヌ‐マリ・ストレッテルの黒衣の女への変貌を予告してもいる…

　シャルル・ロセットは呼びかけようとする欲望を抑える。何なのか、この欲望は？

　彼は呼びかける。
　わたしは、あなたに言えるような理由などなしで泣くの、苦痛がわたしを通り抜け、誰かが泣かなくてはならない、それがわたしであるかのようなの。

(VC198 / OCII 650)

　苦痛がわたしを通り抜け、誰かが泣かなくてはならないがそれは

わたし…物語がわたしを通り抜け、誰かが書かなくてはならないがそれはわたし…

　誰が泣き、誰がそれを書くのか――非人称の行為、主語のない動詞。泣く。書く。物語の、文法の桎梏から自由になるデュラス。

　アンヌ-マリ・ストレッテルは眠りに落ち、ふたりの男は別邸を出る。
　歌が聞こえる。サヴァナケットの女乞食。アンヌ-マリ・ストレッテルの後について「島」にまでやって来ている。ふたりが後にした邸の扉が開く。歌がアンヌ-マリ・ストレッテルの眼を覚まさせたのだ。彼女は庭園を浜のほうに向かって歩く。ふたりの男に見られているのを知らない。浜までは行かず、小径に横になる。伸ばした腕に頭を乗せ、じっとしている。

　アンヌ-マリ・ストレッテルの姿が目撃されるのは、これが最後である。『副領事』ではアンヌ-マリ・ストレッテルの生(なま)の時間がそのまま再現されるから、わたしたちはそのあと彼女に何が起こるのか知ることはない。書き手も、アンヌ-マリ・ストレッテルの運命をまだ知らない。

　本はここで終わるのではない。シャルル・ロセットは、マイケル・リチャードと別れて宿泊先のホテルへともどってゆく。その道すがら、アンヌ-マリ・ストレッテルを忠実に見守っている者であった彼の脳裏に浮かぶ、愛と欲望に関わる幻想、さらに、女乞食との邂逅――なぜならこの本は女乞食に関する本でもあるのだから――の記述が続く。彼は歩きながら自問する――

> **副領事は昨夜、自殺したろうか？** 　　　　　（VC204 / OCII 653）

　酔いの去らないシャルル・ロセットの脳裏には、副領事のイメージがこびりついて離れない、死に結びついたイメージが。
　後ろに追いかけてくる足音が聞こえる。振り返る。恐怖。女乞食である。微笑(わら)っている。

> **熄(や)むことのない微笑は怖ろしい。** 　　　　　（VC205 / OCII654）

　シャルル・ロセットは逃げる。恐怖に支配されている。走る。何を怖れているのか？　女乞食の足は速い。シャルル・ロセットはもっと速く走る。女は諦める。

> **狂気、自分には耐えられない、それは自分より強い、だめだ… 狂人たちの視線、それに我慢できない… 他のものはともかく、狂気だけは…** 　　　　　（VC206 / OCII 654）

　何が狂っていて、何が狂っていないのか。誰が狂気で、誰が正気なのか。狂気と正気の境はどこか？　やみくもに狂気から逃れようと走るシャルル・ロセットは、アンヌ-マリ・ストレッテルと副領事が共有する世界から自分を締め出している。自分は正気の側にいると思っているのだ。
　アンヌ-マリ・ストレッテルに関する問いと、それに対する答えは、酔いの中で天啓のようにシャルル・ロセットにやって来る――

> **心に浮かぶ考え──いったい彼は誰に似ていたんだろう、ラホールの副領事は？**
>
> 〈VC204 / OCII 653〉

　熱い風に吹かれながらやっとのことで歩くシャルル・ロセットの耳に、答えが聞こえる──

> **わたしに、よ、とアンヌ‐マリ・ストレッテルが言う。**
>
> 〈VC204 / OCII 653〉

　本の最終章は、すでに見た、酔っ払いのヨーロッパクラブの支配人と副領事の交わす会話である。

　副領事が支配人を相手に、過去の時間（誰の？）を語り、プルーストを読む妻のこと（ひょっとしたら娶ったかもしれなかった？）を語り、「島」（ついに彼は行くことはなかった）に言及し、ボンベイの副領事に任命された自分の姿（ボンベイに行くことはないだろう）を語って、この物語は終わる、起こらなかったこと、誰か他の人に、他の場所で起こったかもしれないこと、起こる可能性のない予言を語る（騙る？）ことばで…

2

　ほぼ10年を経て、『インディア・ソング』のテクストで、『副領事』の舞台装置と登場人物が再びわたしたちの目の前に現れる。しかしそれは、すでに言及されたように、遠い不確かな記憶の中の場所であり、その記憶にはS.タラのそれも混じって、「声」たちによって

語りなおされてゆく。ここでは「見ている者（思い出す者）」は「声」たちであって、『副領事』のときのように登場人物のひとりシャルル・ロセットではない（『インディア・ソング』で彼に名前はなく、単に「若い大使館員」として登場する）。

「声」たちによって冒頭でアンヌ - マリ・ストレッテルの死が語られ、わたしたちは、黒い衣装のアンヌ - マリ・ストレッテルを、死の向こうがわにいる者として、「声」たちとともに見ることになる。

　　わたしたちの前にいる黒衣の女は、それでは、死んでいるのだ。
　　　　　　　　　　　　　　　　　　　　　　（IS 17 / OCII 1527 ）

　傍点部分は、これが作者自身の（再）認識でもあることを示すだろう。『副領事』のあと、『ロル』『愛』『ガンジスの女』を経て、デュラスはやっと、「アンヌ - マリ・ストレッテル＝黒い衣装の女＝死んだ女」をテクストとして、ここに記した。

　この、冒頭の、書き手と読み手の共通認識のうえで、最終の物語は展開する。

「声」たちの記憶を呼び起こした、S.タラの舞踏会の黒いドレス姿のアンヌ - マリ・ストレッテルは、傍らに寄り添っていた男と静かにしばらく踊ったあと、いつの間にかふたりとも舞台からいなくなっている。

　　　　　　　　　　　　声 1

黒い衣装の女はどこ？
<ruby>女<rt>ひと</rt></ruby>

声2

出かけているわ。毎晩よ。
夜が更けると、戻ってくるの。　　　　　　　　　*(沈黙)*

(…)

戻ってきた。
大使館の黒いランチアが庭園に入ったところよ。

(沈黙)

(IS30 / OCII 1536)

しばらくの間のあと、舞台には、髪を解き、裸足、黒い部屋着姿のアンヌ - マリ・ストレッテルが入ってきて、悪夢のようなのろさで回る扇風機の下にじっと立つ。

女の眼には涙。
表情は変わらない。
彼女は泣く。苦しみもなく。
涙にくれている。　　　　　　　　　　　　(IS 33 / OCII 1538)

この場面が、「島」の大使館別邸での、アンヌ - マリ・ストレッテルの最後の夜のものであることを、わたしたちは思い出す。

この光景を見ながら、声たち——

声1

何の音？

声2

彼女よ、泣いているの。
　　　　　　声1
苦しみはないのね？
　　　　　　声2
彼女もね。
病(レプラ)よ、心の*。　　　　　　　　　　　　　　　(IS 35 / OCII 1539)

＊「声」たちはこの少し前に、病(レプラ)の患者たちは苦しむことなく死にいたるという会話を交わしている。

『副領事』で、シャルル・ロセットにショックを与えたアンヌ - マリ・ストレッテルの涙は、それが理由なき涙であること、いわば非人称的な涙であることを、わたしたちはすでに知っている。「心の病」——苦痛はなく、しかし何かが致命的に欠損してゆく病、心がそれに罹っているとすれば、アンヌ - マリ・ストレッテルの心＝中心は…空洞。

やはり黒い部屋着を着た男が入ってくる。扇風機の下でじっと立ったまま眠っている女の傍に寄り、顔に手を触れ、彼女が泣いているのに気づく。男は泣いている女をそっと抱え上げ、床に横たえる。

それはわたしたちがすでに見たことのある男——S.タラの舞踏会で彼女が踊った男、マイケル・リチャードソンである。
(IS35 / OCII 1540)

——そう、物語の熟成とともに男たちも変わってゆく。『副領事』のマイケル・リチャードは、『ロル』のマイケル・リチャードソンと同じ男となる。そして舞台冒頭で、「わたしたち観客」はすでに、そのS.タラの舞踏会の時間が、一瞬再現されたのを見た。

> **愛人はあいかわらず、眠る女の身体の傍に寄り添っている。見つめている。**
> **彼女の手をとって、それに触れる。見つめる。**
> **手は再び下に落ちる。動かない手。**　　　　　　　　*(沈黙)*
>
> (IS 37 / OCII 1541)

　愛する女の眠る手をそっととる男。繰り返される情景。
『ロル』の語り手「わたし」は、砂の上で眠るロルの手を弄ぶ。手は下に落ちる。
『愛』の旅人は、眠る「彼女」の手を愛撫し、身体に砂をかける。女は眠っている。その手も。そのとき「愛(アムール)」ということばが聞かれる。宙に浮かぶ語。誰が発したかも定かではない。語としての「愛」。言われたときには遅すぎた。どこにも到達しない、愛。
『ガンジスの女』で「声」たちは語る。

> **声1**
> **彼はまだ、彼女のことを愛していた…**
> **声2**
> **…他の女、他の愛を通してね。**　　(FG 130 / OCII 1455)

　あとになって——「愛」という語が彼女に届かなくなってから

――わかったのである。そしてこのことがわかるために、もうひとりの女は――アンヌ - マリ・ストレッテルは――必ず登場せねばならなかった。

「彼女」のほうもまた、アンヌ - マリ・ストレッテルが登場してはじめて、「愛」に撃たれる。そしてそれも、追認として、「声」たちによって『ガンジスの女』において語られる。

声1
彼女は彼のことを、何にもまして愛していた。
声2
ええ。
彼が自分から去ってしまうだろうと、自分は殺されるだろうとわかってしまうほどまでに。
（FG 132 / OCII 1546）

「あの女(ひと)が入ってきたとたんに、わたしはもう自分の許婚(フィアンセ)を愛していなかった」（LVS137）というロル自身のことばは、上の「声1」の台詞と矛盾しない。アンヌ - マリ・ストレッテルが舞踏会に姿を現した瞬間、吸い込まれるようにその存在に魅入られた「彼」の姿――はじめて「彼女」は「愛」の恐るべき力の作用をまのあたりにしたのだ。「彼」にとって「愛」の意味が変わったと同様、「彼女」にとってもそれは一瞬にして変わった。完全な否定が完全な肯定と同時に成立する瞬間。アンヌ - マリ・ストレッテルの存在がそれを可能にした。

声1

　　　　何を望んでいたの、S.タラの若い娘は？
　　　　　　声2
　　　　ふたりのあとについてゆくこと
　　　　ふたりを見ていること
　　　　ガンジスの恋人たち、このふたりを見ていることを

(沈黙)

(IS38 / OCII 1542)

　それは窃視者として覗き見をすることではない。「見ること」は、一体となることなのだ。つまり、絶対的欲望の対象として、男に愛される自分を——もうひとりの女の身体を通して——感じること。だがその願いは叶わなかった。ふたりは去った。彼女は大切なものを奪われた。そして本が生まれた。愛の喪失についての最初の本。いま、同じ物語の最後の本で、上の「声2」の台詞のすぐあとにはテクストがこう続く——

　　それがわたしたちのしていることだ、まさに〔観客、読者、作者も含めて〕わたしたちが。つまり、見ること。

(IS 38 / OCII 1542)

　いまわたしたちの目の前で、愛人であるアンヌ‐マリ・ストレッテルの眠る身体を撫でている男、彼はもはや、アンヌ‐マリ・ストレッテルが誰だかわからなくなってしまう予感を口にして拳を握りしめたマイケル・リチャードではない。S.タラの舞踏会からアンヌ‐マリ・ストレッテルともに立ち去った男、マイケル・リチャード

V.　アンヌ‐マリ・ストレッテル　　195

ソンその人である。そしてテクスト『インディア・ソング』の中では唯一ひとこともものを言わない彼は、もう気づいているように見える——つまり、彼が本当は誰を愛したのかということ、いや、それよりもむしろ、「愛」という事象におけるアンヌ - マリ・ストレッテルの存在の意味に。なぜなら彼は——ありえないことだが——すでに——二冊の本と一本の映画の中で——S. タラの非時間の中を歩いてきたのだから、そして死者であるアンヌ - マリ・ストレッテル＝黒衣の女とことばを交わしたのだから。

このことはもちろん、デュラスの認識でもある。

その証拠に、アンヌ - マリ・ストレッテルを愛撫しながら横たわっている彼を見ながら、「声2」が、「声1」（18歳、取り返しえぬ喪失によって焼かれた声）に向かって「**絶対的欲望であなたを愛しているわ**」（IS 39 / OCII 1542）と言ったとき、テクストは、聞こえているはずのないその声に反応するマイケル・リチャードソンの所作をこう述べるのである——

> **マイケル・リチャードソン——愛人——の手は、同時に女の身体を撫でるのを止める、あたかも「声2」の先ほどのことばがその手を止めたかのように。**
>
> (IS 39 / OCII 1542)

彼がアンヌ - マリ・ストレッテルに対して、たしかにそういう瞬間を生きたこと、しかしそれは持続するものではなく過ぎ去った瞬間で、もう戻っては来ないこと、そのことをデュラスは、書き手として認識している。わざわざダッシュ付きで、いまの彼のアンヌ - マリ・ストレッテルに対する関係を（それだけが残っているものだから）

ト書きに書きつけるほどに。

　あとのフランス大使のレセプションにおけるアンヌ‐マリ・ストレッテルと副領事の対峙の場面（対峙？──ふたりは踊っているだけだが）で、デュラスはアンヌ‐マリ・ストレッテルの口を通してこの──愛人という──関係を念押しし、そのことによって関係性を言うことばのむなしさを印象づけ、さらに、それに対する副領事の反応から、マイケル・リチャードソンと副領事の根本的な相違を引き出す。

　・・・・・・・・・
　絶対的欲望の対象であるアンヌ‐マリ・ストレッテルに対して拮抗しうる愛＝欲望は、マイケル・リチャードソンが（シャルル・ロセットさえもが）どこかで気づいているように、副領事のそれである。アンヌ‐マリ・ストレッテルというブラックホールに呑みこまれる彼らの愛に比して、副領事は、いわばもうひとつのブラックホールをなす。ふたつのブラックホールが接近するとき、それらはいずれひとつのものになるという。

『副領事』と異なり『インディア・ソング』では、一回に限定された副領事とアンヌ‐マリ・ストレッテルのダンスの機会。副領事のことばは単刀直入、いかなるためらいも見せない。

> **副領事**－あなたが存在しておられることを、わたしは知らなかった。　　　　　　　　　　　　　　　　*(答えなし)*
> **カルカッタはわたしにとってひとつの希望の形になりました。**　　　　　　　　　　　　　　　　　　*(沈黙)*
> **AMS**－わたしはマイケル・リチャードソンを愛してい

ます。この愛から自由にはなれませんわ。

(IS 96 / OCII 1582)

アンヌ‐マリ・ストレッテルが口にするこの決まり文句(クリシェ)は、副領事によって一蹴される。

副領事−わかっています。
そのようなあなたをわたしは愛するのです、マイケル・リチャードソンを愛しているあなたをね。
そんなことは重要なことではありません。

(IS 96 / OCII 1582)

ここからの会話は、『副領事』のときとは逆転してゆく。もはや副領事に以前の逡巡はない。「自分について言うべきことば」を、彼はすでに見つけている。

副領事−わたしはラホールで、自分めがけて発砲しました。死にはしませんでしたが。人びとはわたしをラホールから引き離そうとしますが、わたしは離れません。それはわたしなのです、ラホールは。あなたにもおわかりでしょう？

(IS 97 / OCII 1582)

副領事にとって苦悩そのものであるラホール。そのことは、カルカッタが、インドが、インドシナが、いや、そこにおける生自体が苦悩の場であるアンヌ‐マリ・ストレッテルにはわかりすぎるほど。
アンヌ‐マリ・ストレッテルは、素直に副領事を肯定する。長く

話す必要はない。必要なことはすべて男が言う。

> 副領事－あなたはわたしとともにラホールを前にしている。わかっています。あなたはわたしの中にいるのだ。わたしは、あなたを自分のなかに連れてゆく。
> 　　　　　　　　　　　　　　　　　　　*(短い、恐ろしい笑い)*
> そしてあなたは、わたしと一緒にシャリマールの病者たちに発砲する。他にあなたに何ができます？　　*(沈黙)*
> あなたを知るためにダンスにお誘いする必要はなかった。あなたもそれがわかっておられる。
> **AMS**－わかっています。　　　　　　　　　　*(間)*
> 副領事－あなたとわたしは、これ以上先へ行く必要はまったくない。
> 　　　　　　　　　　　　　　　　　　　*(短い、恐ろしい笑い)*
> おたがいに言うことはありません。わたしたちは同じなのだから。
> 　　　　　　　　　　　　　　　　　　(IS 98 / OCII 1584)

しかし、レセプションのあと、彼女と一緒に残りたいという望みは、きっぱりと拒絶される。彼は取り巻きによって追い出され、いずれカルカッタから遠い地に任命されるだろう。

> 副領事－それがあなたの、あなたご自身の希望なのですね？
> **AMS**－ええ。
> 副領事－よろしい。
> そしてそれはいつ終わりになるのだろう？
> 　　　　　　　　　　　　　　　　　　(IS 99 / OCII 1584)

「それ」——カルカッタの白人社会からの村八分？カルカッタから遠く離れること？耐え難い孤独の中で生き続けること、「不可能」を生きること？

　　　　AMS －あなたが死ぬときだと思いますわ。　　*(沈黙)*

(IS 99 / OCII 1584)

副領事の次の問いは悲痛な調子を帯びる——

　　　　副領事－何なのです？この、わたしの不幸(マル)は？

(間)

　　　　AMS *(間)* －理解力(アンテリジャンス)よ。
　　　　副領事 *(恐ろしい笑い)* －あなたを理解する力？　　*(沈黙)*

(IS 99 / OCII 1584)

答えはない。

「叫ぶ」ことを提案したのは、『副領事』ではアンヌ - マリ・ストレッテルだったが、ここでは副領事自身である。彼と彼女のあいだに何かが起こるように。「叫び」という形の愛があることを、彼らに知らしめるために。アンヌ - マリ・ストレッテルは「お好きなように」と、黙認するだけだが——

　　　　副領事－わたしにはわかっています、あなたが、これはふたりの共謀だと、誰にもおっしゃらないだろうという

ことがね。　　　　　　　　　　　　　　　　　*(答えなし)*

(沈黙)

(IS 100 / OCII 1584)

　ダンスの曲（インディア・ソング）が終わり、ほどなく副領事の叫びが響きわたる。物凄く、聞くに耐えぬ、悲痛な叫び、そしてすすり泣き。すすり泣きの合間に笑い。

　副領事はレセプションの会場から連れ出され、庭園から締め出されてもまだ叫んでいる。未明の、ひと気のないカルカッタの路上で叫んでいる。**ヴェネチア時代の彼女の名前を。**

　レセプションは果て、何人かの親しい者たちに囲まれてアンヌ - マリ・ストレッテルは叫びを聞いている。

　レセプションのあいだは聞こえなかった、若い娘の「声」たちも、路上をさまよう副領事の姿を見て話している——

声2 *(もの憂げに)*

彼は捜しているの？…やみくもに歩いて？…果てもなく…？

(返事なし)

自分のものを捜しているのね、なくしたものを？

(返事なし)

ありふれたものを、彼もまた失ったのね？

(返事なし)

彼女の愛を？

声1

　　　　　　　　　愛、そうよ。　　　　　　　　　　　　(IS 112 / OCII 1592)

　S.タラの若い娘は、彼女の許婚(いいなづけ)とアンヌ‐マリ・ストレッテルに向かって、残ってほしいと叫んだ。副領事は、アンヌ‐マリ・ストレッテルの傍に残らせてほしいと叫んだ。どちらの叫びも届かなかった。そして誰も、これが「愛」の叫びなのだと理解することはなかった。愛の深淵そのものであるアンヌ‐マリ・ストレッテル（と、書き手のデュラス…）を除いては。

　レセプションの翌日、アンヌ‐マリ・ストレッテルはマイケル・リチャードソン他三人の男性とともに、ガンジスデルタの「島」に赴く。プリンス・オヴ・ウェールズ・ホテルでの夕食のあと大使館別邸に引き上げるアンヌ‐マリ・ストレッテルのあとを、副領事がついてゆく。『副領事』と異なり、『インディア・ソング』では、招待されなかった彼も、最終便で「島」にやってきたのだ。彼はそのまま「島」のどこかに留まる。

　海沿いの椰子園のほうからやってきたマイケル・リチャードソンと若い大使館員は、アンヌ‐マリ・ストレッテルに迎えられる。

　　彼女ははだし、髪は解かれている。短い黒の木綿の部屋着を着ている。
　　　　　　　　　　　　　　　　　　　　　　(IS 139 / OCII 1611)

　三人は別邸に入り、マイケル・リチャードソンはピアノを弾き、アンヌ‐マリ・ストレッテルはシャンペンを運んできて供する。

　　彼女はソファに坐る。

202

あいかわらず、アンヌ‐マリ・ストレッテルの顔には微笑みが張りついている。
外で副領事が見ている。
マイケル・リチャードソンはピアノを弾き続ける。

（IS 141 / OCII 1612）

　この場の不動性を破るのは、若い大使館員の唐突な動きだ。彼はいきなりアンヌ‐マリ・ストレッテルの傍に寄り、彼女にからみつき、そのまま彼女の足に抱きついてしまう。アンヌ‐マリ・ストレッテルはなされるがまま。彼の髪を撫でる。顔に張りついた微笑み。ふたりは長い接吻を交わす。マイケル・リチャードソンはピアノを弾きながら、表情を変えることなく、ふたりを見ている。
　外からは、副領事がこの光景を眼でむさぼっている。
　若い大使館員はアンヌ‐マリ・ストレッテルの身体を乱暴に突き放すと、ピアノの上に両肘をつき、両手の中に頭を埋める。絶望のポーズ。わたしたちは彼がこのとき何を感じていたかを記憶している。
　愛のブラックホールを前にして、三人の男たち、三様の反応。
　身体をめぐらせて外の海のほうを眺めたアンヌ‐マリ・ストレッテルの眼に、副領事の姿が入るが、彼女が驚くことはない。回る扇風機の下でじっとしている。
　扇風機の下に横たわったアンヌ‐マリ・ストレッテルが眼を閉じると、まるで命令されたようにマイケル・リチャードソンと若い大使館員は別邸を去る。この最後の幕においては、登場人物の誰も、ひと言も発しない。

夜半、海に続く小径に、伸ばした腕に頭をのせて横たわるアンヌ - マリ・ストレッテルの姿が目撃されるのは、『副領事』の場合と同様である。ただ『インディア・ソング』では、彼女から10メートルばかり離れて腰を下ろしている副領事の姿も同時に目撃された。——そのように後に若い大使館員が話した、と、「声4」によってわたしたちは知るのである。

声4
彼女は長いことそこにいたに違いありません、夜明けまで——それから小径を歩いて行ったのです…　*(中断)*　**彼女の部屋着が見つかったのは、浜辺でした。**　　　　　　　　　　　　　　　　*(沈黙)*

(IS 145 / OCII 1615)

　このあと彼女に何が起こったのか、具体的に語られていないのは、『副領事』のときと同様である。しかし『副領事』になかった、浜辺に残された黒い部屋着への言及は、明らかにアンヌ - マリ・ストレッテルの入水を示唆しているし、何よりも、『愛』『ガンジスの女』『インディア・ソング』と書き継がれる過程で次第に融合してくるS.タラとカルカッタの物語の中で、彼女の死が、「島」での死が、リフレインのように語られている。

　ミシェル・ポルトの「彼女〔アンヌ - マリ・ストレッテル〕が自殺するのは、海への入水によるのですね？」という質問に、デュラスはこう答える——

　　MD － ええ、でも、わたしにはそれが自殺なのかどうかよ

くわからないの。彼女は海のようなものと合体する… インドの海、一種の胎内の海のようなものと。何かが、彼女の死で動きを止める。彼女には他にやりようがないのよ。これは完全に論理的な自殺で、悲劇的なところは何もない。彼女は他の場所で生きることはできなかったから、この場所で生きた。インドが、カルカッタが、日々分泌する絶望を糧にして生き、同様にそのために死ぬ、インドに毒殺されるようにして。他に死に方があったかしら？ないわね。彼女は海で、そう、インドの海で死ぬのよ。　　　　　　（Lieux 78 / OCIII 227)

　だが同じインタヴューの、この質問の直前のところで、デュラスはこう語ってもいる——つまり、『インディア・ソング』の中にはいたるところに死があり、それは一登場人物の死ということではなく、作品そのものにそれは充満しているのだ、と。だから——

MD－アンヌ‐マリ・ストレッテルの中で死ぬもの、それは彼女自身のうちの重要でないものなの、わかる？　だから、彼女は死んでもやはりそこにいる。たしかな存在感で。
　　　　　　　　　　　　　　　　　　　（Lieux 78 / OCIII 226)

　映画〈インディア・ソング〉で何よりも強烈なのは、この、アンヌ‐マリ・ストレッテルの存在感——いや、むしろそこにいるのにいない、不可解な非在感、と言ったほうがいいだろうか——である。

V.　アンヌ‐マリ・ストレッテル　　205

3

作家(シネアスト)と映画を創る者とのあいだにある距離は、作家(エクリヴァン)と、書いたことのないひとのあいだにある距離よりも大きい。書かないひともシネアストも、わたしが「内なる闇」とよぶもの、それぞれが自らのうちにもっていて、ことばによってしか外に流れ出ることのできないものに手をつけたりしない。作家はといえば、それに手をつけるのだ。作家は無傷だった「内なる闇」に手をつけてしまった。誰もがもつ根源的な沈黙、作家はこの沈黙をことばに還元する作業をしてしまったのだ。

(YV106 / OCIII 719)

デュラスは、自分が書く者(エクリヴァン)であることを自覚したうえで、あらためてシネアストの位置に身を置こうとしている。書くことによって作りあげた世界を、映画を撮ることによって、新たな視点で見ようとしている。作家デュラスにとって、未知の領域への挑戦だった。それはすでに〈ガンジスの女〉で始まっており、そこで得た手法が意識的に適用された。**消費社会の土曜日の映画**とは異次元の映画、いわゆる「文学作品の映画化」などという概念を打ち砕く映画、その意義がむしろ、書かれたものを解体することであるような映画。

映画〈インディア・ソング〉で、物語の進行と関係なく挿入されるいくつかの映像——長いすの上に脱ぎ捨てられた黒い部屋着、ワインレッドのドレス、赤毛の鬘、金の装身具、シャンペングラス、鏡、写真、また別の写真、そしてフォトスタンドのガラスに走る亀

裂——すべてはアンヌ - マリ・ストレッテルの非在を示唆している。

> **MD −話したのよ、彼女**〔デルフィーヌ・セーリグ、アンヌ - マリ・ストレッテル役の女優〕**にね、あなたはアンヌ - マリ・ストレッテルではないと。**〔…〕**アンヌ - マリ・ストレッテルを演じるのではない、この役は演じることのできないものなのだから、むしろあそこにあった写真、あれがおそらく、本物のアンヌ - マリ・ストレッテルなのだから、と。**(Alb 78)

　若い女の写真、「声1」が、「アンヌ - マリ・ストレッテル！」と息をのむ写真、そのことによって死んだアンヌ - マリ・ストレッテルのものとなる写真の「嘘」——デュラスがわたしたちに突きつける「真実」——を、わたしたちはすでに見てきた。こんどは俳優たちのスクリーン上のイマージュの「嘘」。

　デルフィーヌ・セーリグはアンヌ - マリ・ストレッテルではない。写真の女もアンヌ - マリ・ストレッテルではない。そう、エリザベート・ストリッテールさえもアンヌ - マリ・ストレッテルではないのだ。本物のアンヌ - マリ・ストレッテルなど存在しない。書かれることで本の中に喚起されたアンヌ - マリ・ストレッテルは、映画では女優の着ていた赤いドレスという抜け殻を残して蒸発してしまった。

> **映画は、ことばをそのもともとの沈黙へと遡らせる。ことばは、いったん映画によって破壊されると、もうどこへも、いかなる書かれたものへも戻らない。**(YV 106 / OCIII 719)

スクリーンに登場する俳優たちは、誰も台詞を口にしない。台詞は、レセプションのざわめきや音楽と同様、画面の外から聞こえてくる。アンヌ-マリ・ストレッテルは若い大使館員と踊っている。ふたりはゆっくりと音楽にあわせて踊りながら、長い会話をする。彼らのことばははっきりと聞こえてくる。しかし俳優たちはしゃべっていない。唇は閉じられたままである。

> **MD**－たとえば〔フィルムの〕ある部分について言うとね、アンヌ-マリ・ストレッテルが若い招待客とルンバにあわせて踊っているわね、そして微笑む。するとわたしは思い出すのよ、死を、サヴァナケットを、つまり、水田と森のあいだを流れるメコン川、黄色い、幅広い水の流れなどをね。細部を働かせるというのはそういうことなの。わたしは自分に向かって言う、この場面を撮ろう、それは死の主題になるだろう、何度も回帰して、いまだに叫び続ける、致命的な転回点になるだろう、とね。　　　　　　　　　　　　　　　（Alb 78-79)

　デュラスがこのとき思い浮かべたものは、レセプションの会場から聞こえるざわめきの中、ようやく聞き取れることばの端々から想像しうる。「メコン川の…」「サヴァナケット辺りで…」「蚊柱が…」「彼女はほとんど死にそうに…」「音楽を…」「モンスーンの光…」…等々。だが、メコン川の流れを知らない誰が、この場面でデュラスと同じものを思い浮かべられるか？　しかしここで問題になっているのは、そのような具体的なイメージではない。デュラスはそんなことを観客に要求したりはしない。

> **MD**－ディディエ〔若い招待客役の俳優〕のほうへ眼をやると、彼が彼女を見る、あの視線、突然、踊っている最中に動きを止められたみたいに、彼は彼女の微笑の後ろ側を覗きたがる、彼は覗く、そして死を見るのよ。 (Alb 91)

ことばはむしろ音楽に近い。映画は、本から出て、直接感覚に働きかける。俳優自身がまず驚く。その驚きと戸惑いが、観客に、死んだ物語の淵を覗かせる。何があるのだろうと覗き込む。見えるのは、何もないということだけ。人の一生のように。わたしたちはいつのまにか、アンヌ-マリ・ストレッテルというブラックホールに(作者とともに、そして俳優たちとともに)惹き込まれ、魂を奪われている。

夜、「島」の大使館別邸にやってくるのは、『インディア・ソング』のテクストでは、『副領事』のときと同様、マイケル・リチャードソンと若い大使館員で、アンヌ-マリ・ストレッテルと長い抱擁をするのはこの新任の大使館員である。マイケル・リチャードソンはピアノを弾いている。映画〈インディア・ソング〉のこの場面にピアノはない。そして、アンヌ-マリ・ストレッテルを坐っていた長いすから立ち上がらせ、静かに長い接吻をするのは、映画の中ではマイケル・リチャードソンとともにひと言の台詞もなかった、ストレッテル夫妻の招待客である。傍で、表情を変えることなく煙草をくゆらせているマイケル・リチャードソン。**彼女を望む者のものとなる**アンヌ-マリ・ストレッテルの前に、男は交換可能なのだ。

そして接吻のあと、振り向いたアンヌ-マリ・ストレッテルはじっと見つめる——何(誰)を？ 庭園を影が横切る。テクストでは、外から副領事が見ていると書かれているが、フィルムではわからな

い。「声」も、何も言わない。むしろ、アンヌ - マリ・ストレッテルの、何を、誰を見ているのかわからない、何を感じているのか、まったく表わさない凝視――あまりにも明るすぎる目の色――が、記憶に焼きつく。絶対的に受け入れるものとしての、ブラックホールとしての、アンヌ - マリ・ストレッテル、そこから射してくる光はない。吸いこまれてゆくだけである。そのような存在――非在？――としてのアンヌ - マリ・ストレッテル。

> **MD ―すべてに対して、カルカッタに、貧困に、飢餓に、愛に、売淫に、欲望に、すべてに対して全面的に開くことによって、彼女は最も彼女自身となる。そう、それがアンヌ - マリ・ストレッテル。わたしが「売淫」と言うとき、それは売淫が彼女を通り過ぎてゆく、飢餓や、涙や、欲望のように、という意味。アンヌ - マリ・ストレッテルとは、中に何でも受け入れるからっぽの器で、物たちがそこに宿る。アンヌ - マリ・ストレッテルの解放とわたしが呼ぶのは、こういうこと。(…) でもなぜ彼女がこれほどわたしを惹きつけるのかは、けっしてわからないかもしれない。それは底なしの淵。ときにはその存在さえも知らないでいる欲望のね。** (Lieux 73-74 / OCIII 224)

そして副領事はただひとり、この女性を理解する。『副領事』から『インディア・ソング』にいたる８年のあいだ（？）に、副領事の進化（深化）がおこったのだ。つまり、デュラスがS.タラの舞踏会とカルカッタのフランス大使館のレセプションを何度も往復して（…ではなく、そのどちらに身を置いても、もう一方の声が聞こえてきたのだが）、そのエクリチュールのすべての場にアンヌ - マリ・ストレッ

テルの力が作用していることを次第に発見してゆく過程で、それはおこった。1973 年、テクストを書き上げたばかりの時点で、デュラスは自問する──

> **MD** －でも、副領事の怒りがはっきり見えるのはいったいどこ？　そしてアンヌ - マリ・ストレッテルの苦悩、表に出ることのない、でもけっしてやむことのない苦悩が見えるのは？（**沈黙**）それは、生き難いものにおいてよ。（…）それから愛に・お・い・て、なのだわ。
> (Parl 180 / OCIII 125)

すでに見たように、『副領事』では口にしなかった問いを、〈インディア・ソング〉の副領事は問う──

> **VC** －何なのです、この、わたしの不幸(マル)は？

Mal(マル)──悪、罪、災い、不幸、苦痛、苦悩、病気…いったいどの訳語をあてればよいのか？

ともかく、答えは即座に返ってくる。

> **AMS** －理解力(アンテリジャンス)よ。　　(IS 99 / OCII 1584)

ずっと後に、デュラスはこのふたりについてこう語っている。

> アンヌ - マリ・ストレッテルと副領事、ふたりは同じひとたち。ただアンヌ - マリ・ストレッテルは、副領事の知らないことを知っていて、それを自ら引き受けて生きている。生・き・

V.　アンヌ - マリ・ストレッテル　　211

難いものを引き受けているのよ。副領事は自分に関して無知。まるで子どものように、とても若い恋人のようにね。彼は生き難いものを生きているけれど、人生というものがわかっていない。人生の、こうした側面を知らないのよ。副領事は彼女を失ったことで死ぬ。カルカッタが原因で死ぬのではない。この、不幸の絶対、病の、日目の光景が彼の胸を抉るわけではないのよ。 (CM 68)

しかし物語の中で副領事が死んだかどうかについては何も言われていない。ただ、「声」たちによってこう語られているだけである。

声4＊

彼の足跡は、1938年で消えています。(////) 領事職を辞めたんです。辞職とともに、記録もストップしました。

声3

あのあと、すぐだ…

声4

数日後です。 (IS 110/ OCII 1591)

＊ テクスト『インディア・ソング』第3幕の冒頭には、前述（cf.43）のように、「声1・2」（自分たち自身の物語にも囚われている若い女性たちの声）と異なり、もう少し客観的に出来事の記憶を語る「声3・4」についての注意書きがある。これらは男性の声で、ふたりのうちでもより包括的に出来事を把握・記憶しているのは「声4」である、と述べられている。映画〈インディア・ソング〉でわたしたちはその「声」を聞くわけだが、テクストの注意書きとは異なり、「声4」はマルグリット・デュラス自身が担当している。つまりデュラス

は、ふたりの死（？）についての報告（cf. p.204, p.212）を自らの声で映画のサウンドトラックに残したのである。

映画撮影を終えた直後の対談で、デュラスはグザヴィエール・ゴーチエに語る——

> **MD – （…）共通の mal についてはね、それを示すのは彼女よ。副領事とアンヌ-マリ・ストレッテルのふたりに共通の mal、つまり理解力のことね。「あなたを理解する力？」と、彼はたずねる。彼女は答えない。わたしの考えでは、「彼女を理解する力」をもつということは、すべてを理解する力があるということよ。彼女、それはすべてなの。それは書く(エクリ)ことの場そのもの、書く(エクリ)ことの動く場そのもの、つまり涸渇することがないもの… だから、止めようとすれば殺すしかなかった。**
>
> (Alb 82-83)

はじめにアンヌ-マリ・ストレッテルの入水という筋書きがあったのではない。『副領事』では、そのことをほのめかすものは何もない。デュラスは、彼女をどうすればよいのか、まだわからなかったのだ。しかしS.タラのその後の物語を書いてゆく過程で、死んだ女としてのアンヌ-マリ・ストレッテルが出現してきた。前章で見てきたように、その出現は、ほとんど物語の作者であるデュラスの制御を超えたところで起こり、作者にも読者にも、いささかの混乱をひき起こした。しかし物語が成熟してゆく中で「声」たちがはっきりとアンヌ-マリ・ストレッテルの死を語るようになり、『インディア・ソング』では彼女は最初から死者として扱われている。そ

してアイデンティティの判然としない「黒衣の女」が完全に姿を消した映画〈インディア・ソング〉を撮り終えたあと、デュラスは自分がアンヌ-マリ・ストレッテルを殺したという認識をもつに至ったのだ。

　先に引用した対談の冒頭で、デュラスは映画完成の直後に二晩にわたって見た奇妙な夢のことを語っている。

> **MD －最初の晩、わたしは住んでいる場所を盗まれた。トルーヴィルの、わたしの所有しているこの小さい住居ね、窓がなくなっていて、海が見えなくなっていた（…）場所も盗られて、ずっと小さくなっていたわ。家具も眺望も。翌晩、二日目はね、身分証明書とお金、鞄を盗まれた。わたしは全速力で走る列車に乗っていて、誰も盗難のことなんか気にかけていなかった。わたしは泣いた。周りの人たちはこう言ってた――「見てごらん、あの女は、けっして満足することがないんだ」。**
>
> 　　　　　　　　　　　　　　　　　　　　　　　　　　　　(Alb 76)

　仕事の場を盗まれる夢（デュラスは『ロル』『愛』『ガンジスの女』『インディア・ソング』をこの海辺のアパルトマンで書いた）、自分であることを証明し、支えてくれるすべてを失う夢。そしてデュラスは、アンヌ-マリ・ストレッテルの死と映画の完成、公開に関して、対談相手を戸惑わせる独特の見解を述べる。

> **MD －（…）わたしがアンヌ-マリ・ストレッテルを殺したこと、彼女がもう死んでいたこと――映画を見てはじめて、**

このことが人びとの心を捉えた。それまでは、わたしが彼女を殺したことを知っていたのは、わたしだけだったのよ。

(Alb 76)

　事実は、おそらく逆である。デュラスの読者は（わたしたちがそうしてきたように）すでに『愛』の段階で、遅くとも『ガンジスの女』の時点で、アンヌ-マリ・ストレッテルの死を知っていた。それはそう書かれているからである。デュラスは、何かに憑かれたように一連の作品を書き、その間は（まるでロルのように——そう、彼女はまさしくロルだったのだ、いつまでもアンヌ-マリ・ストレッテルを見ていたいと望んだロル、見続けそして書き続けたデュラス）自分の行為の意味を考えることもなく、振り返ることもなく、つじつまを合わせようともせず、そのときどき、けっして「嘘」ではない発言をし、〈インディア・ソング〉の映画を世に送り出して一連の作品にピリオドを打ち、そこではじめて、わたしがアンヌ-マリ・ストレッテルを殺したという思いが彼女にやってきたのだ。

　デュラスはかの奇妙な夢に関して、自らこう結論づける——

> **MD** ‐（…）あれを書いた人間の身分証明書が盗まれた、おそらくそれは、映画が完成したからには、その人物はもう存在していないということなのよ。『ロル』と『インディア・ソング』の作者はね。
>
> (Alb 76)

　アンヌ-マリ・ストレッテルを「殺した」とはっきり自覚したとき、デュラスは作者としての自分もまた「存在しなくなった」と感

じた。彼女のシャム双生児であるロル、アンヌ-マリ・ストレッテルに去られて心を奪われた者となったロルと同様、存在そのものを剥奪された者となった（この対談のタイトルは「剥奪された女」）。

> **MD**－そう、わたしは、許されていたなわばり――ひとつの場、自分の棲息地と言ってもいいわよ――だけでなく、自己同一性(アイデンティティ)までも剥奪されたのよ。　(Alb 76)

アンヌ-マリ・ストレッテル――作者と作品、書く者と書かれる対象という、距離のある関係を保つことができない存在。7歳のとき以来（「**7歳？　待って、もう少しあとだったかも…**」と、デュラスは自問する――それが正確にはいつのことだったのか、もう彼女にはわからない…）、彼女をものごとの二重の意味へと引きこみ、書くこと(エクリール)へと誘った存在。書くことの場そのものである存在。この女性を「殺した」という自覚によって、デュラスは彼女をめぐる物語群に終止符を打った。彼女をめぐる愛の物語を見終えた――書き終えた――もうひとりのロルであるデュラスは。

> **画面の中心、画面のまんなかに、わたしがアンヌ-マリ・ストレッテルを祀る祭壇と呼んだ場所がある。これは二重の場所。これはわたしの場所、わたしの苦しみの場所。彼女を死から、わたしによってひき起こされた死から、引き出すことができなかった苦しみの場所。そしてまたここは、わたしの、彼女に対する愛の場所でもある。**　(Lieux 72 / OCIII 221)

物語の時間は順序を追って流れるわけではない。映画〈インディ

ア・ソング〉のあの黙せるマイケル・リチャードソンは、やはりS.タラでの旅を終えた恋人なのだ。

　映画〈インディア・ソング〉の美しさは、終わりの美しさなのである。

VI.　アンナ・マリア・グァルディ

　　　　　　　声1
お墓には、「アンヌ‐マリ・ストレッテル」と？
　　　　　　　声2
「アンナ‐マリア・グァルディ」よ。字は消えて。
イギリス人墓地にある彼女のお墓…

(IS44 / OCII 1546)

　　　　　　　声1
彼は何を叫んでいるの？
　　　　　　　声2
ヴェネチア時代の彼女の名前を
ひと気のないカルカッタでね。　　　　　*(沈黙)*

(IS 50 / OCII / 1550)

　　　　　　　声3
彼は何を叫んでいたんです？
　　　　　　　声4
彼女の名前です。　　　　　　　　　　　*(間)*
　　　　　　　声3　*(ゆっくりと)*

> アンナ・マリア・グァルディ。
> 声4
> ええ。一晩じゅう、カルカッタで、彼女の名前を叫んでいたんです。
>
> *(沈黙)*

(IS 110 / OC 1591)

彼女の墓は、ガンジス河の彎曲部、英国人墓地にある。墓にはヴェネチア時代の名前——アンナ・マリア・グァルディ。字はほとんど消えている。

インドシナの密林で、独立戦争の頃のものと思われる墓が見つかった。名前は消えているが、かろうじて「フランス副領事」の文字が読み取れる。

ことばは、いったん映画によって破壊されると、もうどこへも、いかなる書かれたものへも戻らない、と述べたとき、デュラスはまだ〈インディア・ソング〉を撮影していなかった。しかし、S.タラとカルカッタを舞台とする物語群は、いずれその破壊の極限を見せるところまで行かねば終わらないということの、それは（本人もまだ知らない）予告だっただろう。

映画〈インディア・ソング〉の撮影場所としてデュラスがロスチャイルド邸の廃墟を選んだのは、それが死の支配する場として、書かれた本のもちえない力をフィルムに与えると感じたからである。〈インディア・ソング〉は、「S.タラ」のほうのそれもふくめて、この物語群の行きつく最果てであったはずだ。そしてそれはなされた。

5冊の本にわたって書かれた、ただひとつの物語、10年という時間、成熟し続けた物語を、物語の死の相において、撮る——それはなされた。誰も想像しえなかった見事な成果、その達成が、作者を一時、虚脱状態に陥らせるほどに。

　映画を撮った、すると書かれたページは全部きれいさっぱり消えた、とデュラスは述べた。

　ところがそれはこの物語の究極の姿ではなかった。

　〈インディア・ソング〉を撮り終えた一時的放心状態から恢復すると、デュラスは、やりかけた仕事はまだ終わっていないと感じ始める。〈インディア・ソング〉は**ひとつの物語の片側**であって、もう一方の側を見せねば、その物語は完成しないのだ。

　〈インディア・ソング〉の美しい映像を**破壊すること**、その本来のおぞましい姿を提示すること。

　アンヌ-マリ・ストレッテルの**微笑の後ろ**をのぞきこむこと。

　空虚を撮ること。**空虚そのものは撮影できないから、空虚を示すものを撮る**こと。

　〈ヴェネチア時代の彼女の名前〉（原題は《 Son nom de Venise dans Calcutta désert ひと気なきカルカッタでヴェネチア時代の彼女の名前を》）は〈インディア・ソング〉の2年後に撮影された。

VI.　アンナ・マリア・グァルディ

パリ郊外、ブーローニュにあるロスチャイルド邸は、第二次大戦中ドイツに接収され、一時ドイツ軍司令部が置かれたという。ロスチャイルドはその忌まわしい史実を嫌って、戦後もこの館を放置し、〈インディア・ソング〉が撮影された時点で、それは、この偽りのフランス大使館は、すでに廃墟だった（だからこそ、デュラスはここを撮影場所として選んだ）。大使館のイメージにはおよそそぐわない建物――黒ずみ、苔むしたファサード、破れた日除け、塗装の剥げた窓枠、錆びの浮いた欄干、欠けた石の階段。よく見ると割れている窓ガラス。

　…にもかかわらず、〈インディア・ソング〉は美しい映画である。シャンデリア、曇りのない鏡、ビロードの布を張った長いす、ピアノ、綴れ織りの絨毯、ランプ、シャンペン・グラス、大理石のマントルピース、そして薔薇の花。すべてはそこに置かれたのだ、つかの間の美しい装飾として。アンヌ゠マリ・ストレッテルの微笑のように。

　デュラスは自ら設えたその装置をはぎ取り、同じ物語、同じサウンドを用いて、この場所の本来の姿をカメラにおさめてゆく。
　2年という時間は、監督がフィルムに写し取ろうと意図した「破壊」を、演出の力を借りることなく、完璧な形で仕上げてくれていた。連作の最後のフィルムを撮るのに、いっさい手を加える必要はなかった。時間とともに移る光の中で、あるいは暗闇のなか懐中電灯の光を頼りに、館そのものと、その内部、庭園――すでに完成している廃墟を、人の気配のない館の廃墟を、まるごと撮るだけでよかった。あとは編集によって、映画として**破壊を完成させる**こと。

館の全景を、館に向って右斜め下から見上げるアングルで撮られた画面、正面の広いテラスから、何かをかき抱こうとする両腕のように延びる左右の大きな石の階段を、右、ついで左、と見上げながらゆっくりと移動し、さらに館の背後に続く冬の裸木の並木へといたる長い横移動撮影(トラヴェリング)。この画面を、編集の際にデュラスはまず「**船舶**」と名づける。

> **わたしにとり憑いて、身から引き離すことができなくなっているこの船舶、ロスチャイルド号が、フィルムの中を突き進んでくるような気がする、カメラがそれを撮りに行こうとするのではなく、船が、自分からフィルムの中に入ってくるような気が。**
> (CM 110)

　この長い移動ショットのあいだ、「声(コール)」たちは、マイケル・リチャードソンの愛、ロラ・ヴァレリ・シュタインの叫び、ヴェネチア、音楽、サヴァナケット、そしてメコンについて話している。やがてこのショットは、「**アンヌ-マリ・ストレッテルの身体**」と呼ばれるようになる。

　「身体」には「死体」の意味もある。この廃墟となった(実はもともと廃墟であった)館はまさに、死せるアンヌ-マリ・ストレッテルその人の換喩(メトニミー)。

　デュラスは、したがって、いまこそアンヌ-マリ・ストレッテルの真の姿を撮っていたのだ。彼女を書く(エクリ)ことへと駆り立てた存在の、真の姿。

　正面は、何も変わっていないように見える。

VI.　アンナ・マリア・グァルディ

カルカッタの、フランス大使館であった建物。

　しかし、館の細部がクローズアップになったとき、わたしたちは衝撃を受ける。
　窓。すべて閉ざされ、いくつかは板で釘付けにされ、ほとんどはガラスが割れ、あるいは無くなって、眼球を失った眼窩のようにぽっかりとただ暗いだけ。
　バルコニー。錆び果て、多くの部分が毀れ、あるいは失われた鉄製の手すり、文様を施した手すり子(バラスター)の残骸。
　室内。壊れた暖炉、ほうり出されたマントルピース、散乱する瓦礫。モザイク模様の名残りの色彩をかすかにとどめながら、床に散らばる漆喰。外の景色をいびつに映すひび割れた鏡。漆喰の剥げた天井、刳り形装飾の骸。かすかな光を吸収して輝くガラスの破片。
　地下室。蜘蛛の巣、レンガの壁、積もった埃、錆びた鉄格子。舐めるように移動してゆく懐中電灯の光の輪。
　長い廊下。閉ざされたフレンチ窓のくもったガラスからもれる、不思議な青い光。壁掛けの剥がされた跡がかすかに光る廊下の壁、**鉛の壁**。色褪せ、襤褸のように垂れ下がる壁紙。
　雨風に黒ずんだ石のテラス。欠けた石の手すり、雑草、瓦礫、散乱する落下物、フェンスに絡みつく枯れ草。
　庭園。水のない池。裸体に苔の生えたおぞましい姿の石の彫刻――

　〈インディア・ソング〉は『副領事』、『ロル・V・シュタインの喪心』、『愛』、『ガンジスの女』、『インディア・ソング』の読書の記憶をすべて忘却の淵に沈めるものであったかもしれない。しかしそれ

はやはり語る文学の範疇に留まっている。本ではなく、映像のエクリチュールとして。(仮に、デュラスのことも、先行する作品のことも、いっさい何も知らずにこの映画一本を見たとして、ひとはそれに心を奪われうるだろう…)

〈ヴェネチア時代の彼女の名前〉は、もはやそうではない。それはもう語らない。ひとつの物語の、〈インディア・ソング〉の、裏側ではあるのだが、それを「読む」ことはもうできない。

　すべては風化した記憶の残骸。声だけが、残って語り続ける。いまや声たちは、誰かれの声も、ただのざわめきも、あるいはあの不可思議な非時間的な声も、女乞食の呟きと同様に意味を失い、むしろすべてが、音楽と等価のものになって、廃墟を漂う——

　しかし、デュラスの目的は、無秩序ででたらめな破壊ではない。緻密な**破壊の建設**である。よく見れば、何度もの厳密な編集作業を経た、もうひとつの〈インディア・ソング〉が、そこにはある。

　たとえば——
「**ブラック***の窓」「**すみれ色の窓**」などと名づけられた、特徴ある割れ方をしたガラスを持つ6つのフレンチ窓の短い固定ショットがある。デュラスはこれらを、**動くショットのあいだにわたしが置いた6枚のカード**と呼び、長い移動ショットの区切りとして、2つないし3つずつの組み合わせを、繰り返し挿入する。それが長いフレーズの句読点をなしている。

　　　　＊ Georges Braque　キュビスムの画家

　たとえば——

VI.　アンナ・マリア・グァルディ

オープニングで《Son nom de Venise dans Calcutta désert》という手書きのタイトルがのせられるのは、館正面のひび割れた敷石。縦横に亀裂の入ったその石の表面をカメラは俯瞰撮影で画面いっぱいに捉え、あたかも抽象画の一部分のクローズアップのようである。この印象的なひび割れた敷石のクローズアップは、アンヌ‐マリ・ストレッテルと副領事が踊りながらことばを交わす場面、副領事の声が聞こえ始める直前に、再び現れる。そこから長いトラヴェリングが始まり、アンヌ‐マリ・ストレッテルとの会話が終わるまで続く。そして敷石の割れ目の模様のアップが、副領事の叫び——**Gardez-moi!**（ガルデ・モワ）——の瞬間に、三たび、句点ように現れる。館の建物正面の基礎部およびその前のテラスの敷石をゆっくりと舐め取るようなこの間のトラヴェリングの画面は、「**副領事の叫び**」と名づけられた。

　また、たとえば——
　「**副領事のヒマラヤ杉**」と名づけられた移動ショットは、館のテラスのほうから黒い木々のシルエットを含む庭園を映すもので、「**アンヌ‐マリ・ストレッテルの身体**」の切り返し（逆構図）となっており、このショットのあいだ、副領事に関する噂話と、副領事に話しかける若い大使館員の声、副領事自身の声が聞こえている。

　たとえば——
　この映画の中で最も長い移動ショット（10分あまり続く）で、カメラは館内部のいくつかの部屋（つまり、アンヌ‐マリ・ストレッテルの身体の内部？）をゆっくりと移動し、それまでにランダムに映し出されたいくつもの映像をつなぎあわせてゆく。そしてこの間、わたし

たちの耳は、若い大使館員と話すアンヌ‐マリ・ストレッテルの低いやさしい声を聴いている。

　さらに──
　昼間に撮影された部屋々々は白い光に満ちていて（長い後進移動撮影）、ときにはカメラのレンズに直射する光のために画面全体が真っ白になる瞬間が訪れたりする。金色の光線のために、廃墟の部屋が一瞬宮殿のように見えたりもする。アンヌ‐マリ・ストレッテルの光と影。聞こえてくるのは、鳥のさえずり、カルカッタのざわめき、女乞食の声、遠い副領事の叫び声。

　そして──
　2度目に、映画の終わり近くに現れる「**アンヌ‐マリ・ストレッテルの身体**」のショットは、彼女の最後の夜を語る「声3」と「声4」の会話に伴われている。

　物語の廃墟は、このように、念入りに、周到に、建設されていったのだ。

　そして、最後のあのシーンが来る。
　突然映し出される、黙せる女たちのシーン。

　このフィルムの中で二度目になる「**アンヌ‐マリ・ストレッテルの身体**」の長いショットが終わると、「声3・4」の語りは、邸でアンヌ‐マリ・ストレッテルがひとりになったと告げる。
　次のショットは室内、それも、これまでの廃墟とは異なり、スタ

VI.　アンナ・マリア・グァルディ

ンドの黄色い灯で照らされた部屋、そこで椅子に凭れ、あるいはクッションを背に坐って、じっと眺めているふたりの女の姿。3つめのショットは、その部屋を外から撮ったもので、大きな窓の一枚ガラスは割れていない。窓辺で煙草を手にしている女も、動かず、じっと眺めている。女たちの視線の先はガラス窓の外？ 庭園には何もない。低い出窓の細長いスペースにはたくさんの本。女たちの間に置かれた小さなナイトテーブルにも、何冊もの本。カメラは長く続く黒い画面（シュヴァルツ）をはさんで何度も室内を移動して、女たちを映し出すが、そのたびに彼女たちの姿勢や位置は変わっているようで、誰が、どこに、どういう姿勢でいるのかは把握できない。はじめの3ショットで3人の女の顔がはっきりと正面から撮られたあとは、灯の届かない暗闇に沈み、ほとんど判別できない。

　この女たちはいったい誰なのか、彼女たちがいる場所はどこなのか。何を見ているのか。彼女たちは物語に含まれているのか、そうではないのか…

「女たち」のシーンについてデュラスは語る——

映画は女たちによって見られ、聞かれている。〈ヴェネチア時代の彼女の名前〉の終わりの5分間に出てくる女たちは、映画を見に来て、まったく感情を動かすことなく、そこにいる。無反応。つまり彼女たちは完全に物語に同化している、物語について判断などせずに。女たちは見ているし、聞いている。女たちがそこにいたのだ、誰も気がつかなかったけれど——こんなふうにわたしは感じる、おや、あなたたち、そこにいたのね！と。時が始まって以来、彼女たちは聞いてい

た、そして見ていた。今もそこにいて、映画が終わってもずっとそこにいるでしょう。彼女たちは、自分の同類、わたしたちみんなの血につながるアンヌ-マリ・ストレッテルが死に就くのを見に来た。彼女たちはアンヌ-マリ・ストレッテルを見つめる、彼女を見つめる。女たちは、アンヌ-マリ・ストレッテルが共通の理解力の中で死ぬのを見ることになるのよ。
(Alb 97)

　映画を見に来た女たち——すると彼女たちのいる場所は、この映画の場所（ロスチャイルド邸の廃墟）とは次元の異なる部屋なのだろうか、ちょうど〈ガンジスの女〉や〈インディア・ソング〉において「声」たちがいたのと同じような、スクリーンと観客席のあいだの、不思議な場所？　たしかにそう思える。灯の入ったスタンド、壊れていないテーブル、きれいなベッドカバー、割れていない窓ガラス。カメラは、「見ている」彼女たちを正面から捉える。見覚えのある顔、〈インディア・ソング〉でアンヌ-マリ・ストレッテルであった女、〈ガンジスの女〉でLVSであった女。もうひとりは知らない顔、そしてまだ他に、顔のほとんど見えない女。いずれにせよ、皆、いまは無名の女たち。（キャスティングには、これまでのフィルムでおなじみのもそうでないのも含めて4人の女性の名前）

　アンヌ-マリ・ストレッテルの死を、物語の中での死ではなく、物語そのものの死を、見ている女たち。

　そして部屋にあるたくさんの本は、どれも閉じられて、読まれている本はない。

　物語はもう、読まれない。（読まれるべき物語はもう、なくなってしまった）

VI．アンナ・マリア・グァルディ

だが、この「女たち」のシーンの不思議は、映画の外でのデュラスの話を聞いて解けるわけではない。自作についてのデュラスの話は、けっして解説などではないからだ。

　デュラスは、このフィルムに自ら施した仕掛けを、どこかで語っているだろうか、それとも編集を終えて映画が手を離れたとたん、忘れてしまったろうか（「黒衣の女」の出現のように）、あるいはそれは語るほどもない些細なことだったのだろうか、もしかするとそれは意図的な仕掛けではなく、偶然の所産だったのか？

**　わたしは〈ヴェネチア時代の彼女の名前〉を見ている、誰か他の人の映画を見ているように。**　　　　　　　　　　　　　(Alb 94)

　その仕掛けとは、こうである。

「女たち」のシーンに入ってから4ショット目に、暗い室内から外に向かって撮られた、30秒ほどの固定ショットの画面がある。右端のほうの少し明るい矩形が窓だとわかるだけの、そしてその矩形の中に黒く浮かび上がっているシルエットがなんとなく人の頭らしく思えるだけの、暗い画面である。しかしよく見れば、黒いシルエットはたしかに人の頭で、そのとなりにも、逆光で右側面だけがほんの微かに照らされた人物がいる、しかもストレートな長い髪の人物（女性？）と判断できる。それはその直前に、逆の方向（窓のほう）から撮られた女たちを見ているから下せる判断である。この暗い部屋の次には、ランプに照らされた（女たちのいる）部屋の内部の長い移

動ショットが続く。

　ところで、この暗い部屋とほぼ同じショットが、映画の始まりか・・・・ら2分ほどのところ、オープニング・クレジットに続く、窓と室内・の3つの短い固定ショットの次におかれているのである。
　廃墟になった室内を撮った中には、暗くて、何が写っているのかよくわからない画面は少なくない。もちろん「何か」を見せるための映像ではなく、何もなくなってしまった、または破壊されてしまっ・・・・・・・・・・・・・・・・・・・・・・・・た、そして誰もいなくなったことを見せる映画なのだから、当然で・・・・・・・・・・・・ある。「黒いシルエット」のある画面の、映画の始まりのこの位置への挿入は、明らかに、廃墟の建物の中のひとつ、何が置かれているのかよくわからない暗い部屋、として見られることを想定しているだろう。件のシルエットも、人であるという判断は、この段階では難しい。

　この同じ画面の、映画の最初と最後での、2度の出現の意味は何なのか？
　念入りに建設された物語の廃墟の中の、はじめと終わりに挿入された同じ暗い部屋のショット——はじめのものは、明らかに「廃墟の部屋」の文脈の中に、あとのものは、「女たち」の文脈の中に。

　こうは言えないだろうか？
　これは、あの部屋が映画の外の場所であると同時に、廃墟の一部でもあるということを暗示している、と。つまり、女たちは廃墟の外にいると同時に、誰も気づかなかったが、じつは中（ひとは誰もいるはずのない廃墟の中）にもいて、その情報はすでに、映画の最初に

VI.　アンナ・マリア・グァルディ

与えられていたのだ、と？

〈インディア・ソング〉の廃墟を撮ったこの映画は、複数の女たちによって見られていた、映画の外部から（もちろん、映画を見る、とはそういうことだ）、しかし同時に、映画の内部からも。

（この解釈をデュラスはどう思うだろう？　あら、そうだったの、知らなかった、とでも言うだろうか？）

さらに勝手な解釈を続ければ、あの部屋が館の廃墟に含まれるものでもあるとするならば、女たちは館の内部から見ていたことになる。館、つまりアンヌ-マリ・ストレッテルの身体、の内部から。見られていた**アンヌ-マリ・ストレッテルの身体**は、その中に、名のない女たちの視線をやどしていたのだ。

アンヌ-マリ・ストレッテルはもういない。副領事も、マイケル・リチャードソンも、ロルも、みんな消えてしまった。もうそれは、幾世代も前のこと。物語は忘れられた。アンヌ-マリ・ストレッテルの物語を構築し、さらにその物語の廃墟までを作り上げた作家、マルグリット・デュラスも、もういない。しかし、アンヌ-マリ・ストレッテルという廃墟にはいまも、無名の無数の女たちが居つづけ、「見る」ことを続けている。女たちはこれからも見続けるだろう。

過去から、未来に続く時間の中で、見続ける、無数の無名の女たち。

そして映画〈ヴェネチア時代の彼女の名前〉はようやく終わりにさしかかる。

最後のショットは、S.タラの浜辺を思わせる海の、水平線にゆっ

くりと沈んでゆく太陽——〈インディア・ソング〉のオープニング・ショットの、地平線に沈んでゆく太陽と呼応するように。そしてここまでは完全に〈インディア・ソング〉と同じサウンド・トラックが使われてきたが、この最後のショットのみが異なる。

〈インディア・ソング〉のエンディング・ショットは、インドからビルマ、タイ、カンボジアを経てラオスにいたる東南アジアの地図を（女乞食の道程と逆に）たどる画面で、女乞食のしゃべる声と歌が聞こえる。

〈ヴェネチア時代の彼女の名前〉では、切れぎれに聞こえる女乞食の声に重ねて、ふたりの男の会話が聞こえてくる。彼らは、女乞食の放浪について話している——

> **男1**－彼女はきっと、ラオス、カンボジア、シャム、ビルマを通り過ぎて行ったのだ。そこからイラワジ河の谷を南下して、マンダレー、バッサン…
> **男2**－きっとひと息に歩いたのではないだろうな。何百日、何千日の行程があったんだ。毎回、もうこれ以上は歩けないと立ち止まりながら。だが飢えが、遠くへ、もっと遠くへと追いやったんだな。道路や鉄路や、船の航路をたどって…
> **男1**－森を抜けて、か…　何を目印にしたんだろう？
> **男2**－森の空き地とか、あるだろう、抜け道が。茶を運ぶ商人の道とか、兵士の通る道、密入国者の通る道…不思議だな、彼女はつねに日暮れに歩いている、赤い夕日に向かって。
> **男1**－おそらく夕暮れ時、涼しくなってから歩いたん

だろうな… 髪がなくなっていたから。
男2－飢えに駆り立てられて、おそらく。あるいは興奮か、怖れか…
男1－カルカッタで彼女に何が残っていたか──サヴァナケットの歌、故郷(くに)のことば。カルカッタに着いたときにはすでに手遅れだった。頭はからっぽ、心は死んでいた。彼女が消えたのはおそらくカルカッタだ。生まれてこのかた、彼女はずっと、消え失せようとしてきたんだ。

(AS 63)

　この会話は、『インディア・ソング』(テクスト)の第4幕にある、ストレッテル夫妻の招待客(男1)と、夫妻の知人ジョージ・クラウン(GC)(男2)の会話(本書P42参照)とほぼ同じである(映画〈インディア・ソング〉では採られなかった)。
　テクストはこのあとさらに

　　GC－彼女もか…
　　招待客－そうだ…　　　　　　　　　　(IS 135 / OCII 1608)

というやりとりで終わっている。

「彼女も」と言う意味深長な部分は〈ヴェネチア時代の彼女の名前〉では削られているが、これがなくても、わたしたちにはふたりのガンジスの女の相似は明らかである。

　ふたりともカルカッタで消えた

ひとりはインドの海のなかに、もうひとりはインドのざわめきの
なかに
　ひとりは死のなかに、もうひとりは無のなかに…

　それが…　物語の…　消滅点…　　と…　　　なる

おわりに

　15歳半の、メコン支流の渡河。それが後の生涯に与えた意味——

〈ロルの連作〉の約10年後、そのことについて、デュラスは1冊の本を書く。
　デュラス、70歳。

　メコン河の支流を渡る平底船(フェリー)のデッキに肘をついて河を眺める少女——彼女にとってのその渡河の重要性が、もし前もってわかっていれば、そのとき撮られるはずだった、しかし（神ならぬ身の誰が知ろう、後の運命など…したがって当然のこと）撮られることのなかった1枚の写真。

これまでに話したことのない、わたしだけが見ることのできるその写真(イマージュ)について、わたしはしばしば考える

　　　　　　　　　　　　　　　　　　　と、デュラスは書く。

撮られなかったことによってこそ、この画像(イマージュ)には力がやどっている、ひとつの絶対を表現する力、まさにその創造者であるという力が

　最初デュラスは、この本のタイトルを『絶対的な写真(フォトグラフィ)』として

おわりに　　237

いた。

　　もう一度言っておきたい、わたしは 15 歳半だった、それはメコンを渡る渡し船の上だ
もう一度、そして何度も、このフレーズは繰りかえされる。

全部で 140 ページの小さな本だが、このなかにはすべてがある。わたしたちが読んで（見て、聴いて）きた物語のすべての、その核が、ランダムに、異なる登場人物、異なる場所、異なる時代、しかしすべてが。

渡し船（フェリー）。黒いリムジン、モーリス・レオン・ボレ、中国の男、大富豪の息子、との邂逅。黒い車に乗る。
15 歳半の少女は、その出来事が鳴らした鐘の音を、生涯にわたって聞くことになる。
　　初めて、そして永久に、家族を離れた
　　いま、この男とやるべきことがある、最初の男、渡し船に現れたその男と

そして次の文の意味は、〈ロル連作〉の物語を通り抜けて来た読者だけが理解できる。
　　カルカッタのフランス大使館の黒いランチアは、まだ文学のなかに登場しない

渡河の先。サイゴン、寮への送り迎え。中華街（ショロン）、男の部屋。初体験、欲望と歓喜。怖れと苦悩、愛のない愛の行為。

息苦しい場所、死と隣り合わせの、暴力の、苦悩の、絶望の、恥辱の、それがショロン、河の向こう側、渡河はなされたのだ

サデック。植民地の白人家族。欺瞞、困窮。愛情、憎悪、殺意。／母親、家族。ねじれたかかわり、ねじれた愛情。狂気。

母は無分別、軽率、無責任、そのすべてだった、母は生きた。わたしたち三人（子どもたち）は母を愛した、愛の向こう側で

サイゴンの寮。エレーヌ・ラゴネル、寮で二人だけだった白人少女。美しい肉体、自らの美しさを知らない、愛を知ることはない、学ぶこともない。

エレーヌ・ラゴネルは、殺してしまいたいという欲望、自分の手で死に至らしめたいという素晴らしい夢想を喚起する

夢想――ショロンのあの部屋(ガルソニエール)で、男と彼女（エレーヌ・ラゴネル）が、愛を交わすのを見たい。

わたしはエレーヌ・ラゴネルへの欲望で憔悴している

ヴィンロンの街路。街灯の消えた道で、女乞食に追いかけられる。幼い記憶。裸足で、笑いながら追って来る狂女。指の先ででも触れられたら、死よりももっと怖ろしい、自分は狂う。

この記憶は存在の中心に根を下ろす恐怖

サイゴンのある夜。目にした母親の変容。家族も、召使も、そこ

おわりに　239

にいるのにだれも気のつかない変容。恐怖。

突然、そこ、わたしのすぐそば、母のいた場所に、坐っている人がいた

それは母ではなかった、母と同じ姿だが、絶対にわたしの母であったことのない人だった

ヴィンロン。白人居留地の行政長官夫人(ラ・ダーム)。夫の前任地サヴァナケットで、愛のない愛の行為に身を任せた、そのことが、夫の副官の自死を招いたという。

長い蟄居、小さな娘たち、テニス。

ごく低い声で、男は言う、少女を、気の狂うほど愛していると

自分は愛していない、少女はそう言ってもよかった、しかし何も言わない

10歳のとき初めて夫人を見た。

16歳、渡河のあとの日々。いまその体験の故に、孤独な少女。夫人を——居室のテラスからメコン河沿いの長い街路をじっと見つめていた姿を——思い出す。

ともに疎外されて、孤独な女王さまたち

サデック。母が娘に言う、居留地のせまい社会で、おまえはもう結婚できない。

わたしは、おまえと違って勉強するのにずっと苦労した、そしてまじめだった、長い間、まじめすぎた、それで手遅れになった、自分の喜びを味わいそこなった

この母親。兄たち。ショロンの男。それらの日々の終りが、つまり、インドシナとの別れが、近づいていた、フランスへの出発が。

　メコン河口の港、メッサジュリ・マリティーム（M.M.）、フランス - インドシナ航路の大きな船。
　17歳、フランスへの「帰国」。
　　　出港時刻が迫ると、船はサイレンを3度鳴らした、とても長く、とてつもなく大きく、不思議にもの悲しいその音は、旅立つ人たち、別れを告げあう人たちだけではなく、出港の見物人や、とくに理由もなくそこにいる、想いをはせる相手もいない人たちまでをも、涙ぐませた
　　　船のその別れのあいさつ(アデュー)に、彼女も泣いた、涙を見せずに、なぜなら彼は中国人であり、こうした愛人との別れに泣くものではないからだ

夜の船で、誰かの弾くピアノ、ショパンのワルツ。かつて、どんなに練習しても弾けるようにならなかった曲。
　涙が溢れる。
　なぜ、いま？
　　　ショロンの男のことを考えたからだ

　　　突然、確信が揺らぐ、彼を愛していなかった、というのは本当か？
　　　自分では気づいていなかった愛、男は物語のなかに消えてしまった、水が砂にしみこむように

おわりに　241

やっと今、海を渡ってショパンが流れるこのときになって、彼を、再び見出した

　この本は、戦争が終わって何年かたってから、妻を伴ってパリを訪れた「男」が、デュラスに電話をかけるところで終る。
　デュラスは本のタイトルを「愛人(ラマン)」と、最終決定した。

　この本にはすべてがある、と、先に述べた、つまり、わたしたちが5冊の本と、3本の映画のなかで読んで(見て)きた物語のすべての核が、と。〈ロル連作〉のテーマのすべてを、読者は上の要約（引用）のなかに見出されただろう。それはなぜかというと、あたりまえだがデュラスが〈ロル連作〉を書いたからで、その逆ではない。つまり、デュラスという書き手が70歳になって自分の人生を振り返ったとき（そしてあらためてそれについて本を一冊書こうとしたとき）、見えたのは自分自身の作品群の骸(エクリむくろ)であり、書いたのは、積み重なったそれらが、また書くことで呼び起こした70歳の夢想だった。

わたしの人生の物語は存在しない、それは、存在しない

「出来事」がデュラスを通り抜けて行って、デュラスは書いた。デュラスが去ったあとに、物語が、たくさんの物語が残された。

　いま、70歳の作家は言う——
　　書いたことはなかった、書いたと思っていたが
　　愛したことはなかった、愛したと思っていたが

何ひとつしなかった、閉じたドアの前で待つほかは

　15歳半の渡河の折の写真は、存在しない。存在していれば、わざわざ「語る」ことはなかっただろう、しかし、それを見ることができるのが自分だけだとわかっているから、デュラスは語る。語ることで、出来事は出来事となる。

　写真の少女、渡し船の手すりに肘をついて河を眺めていた少女は、黒い車に乗る。
　まっさらな白い紙に、ペンではっきりとインクの記(しるし)をつけることを、自ら選択したのだ。

著者　　　　山縣　直子

略歴

1947年	兵庫県に生まれる
1970年	京都大学文学部仏文科卒業
1970〜72年	パリVIII大学　フランス政府給費留学
1979年	京都大学大学院文学研究科博士課程単位取得退学
〜2016年	関西学院大学文学部他で非常勤講師

翻訳

『ボードレールとフロイト』（レオ・ベルサーニ）法政大学出版局　1984
『写真論』（ピエール・ブルデュー、共訳）法政大学出版局　1990
『異教入門　中心なき周辺を求めて』（J.-F.リオタール、共訳）
　法政大学出版局　2000
『震える物語』（J.-F.リオタール/ J.モノリ）法政大学出版局　2001
『物語の中の女たち』（ナタリー・エニック、共訳）青山社　2003
『無意識の花人形』（フランソワーズ・ドルト、共訳）青山社　2004　他

作品

『妣(はは)たち』私家版 2017
『Éire 小婆たちのアイルランド』東洋出版　2023

デュラスを読む
ロル・V・シュタインの連作

発行日　2024年11月10日　第1刷発行

著者・カバー写真撮影　山縣直子（やまがた・なおこ）

発行者　田辺修三
発行所　東洋出版株式会社
　　　　〒112-0014　東京都文京区関口1-23-6
　　　　電話　03-5261-1004（代）　振替　00110-2-175030
　　　　http://www.toyo-shuppan.com/

印刷・製本　日本ハイコム株式会社

許可なく複製転載すること、または部分的にもコピーすることを禁じます。
乱丁・落丁の場合は、ご面倒ですが、小社までご送付下さい。
送料小社負担にてお取り替えいたします。

© Naoko Yamagata 2024, Printed in Japan
ISBN 978-4-8096-8719-8　定価はカバーに表示してあります

ISO14001 取得工場で印刷しました